KB153518

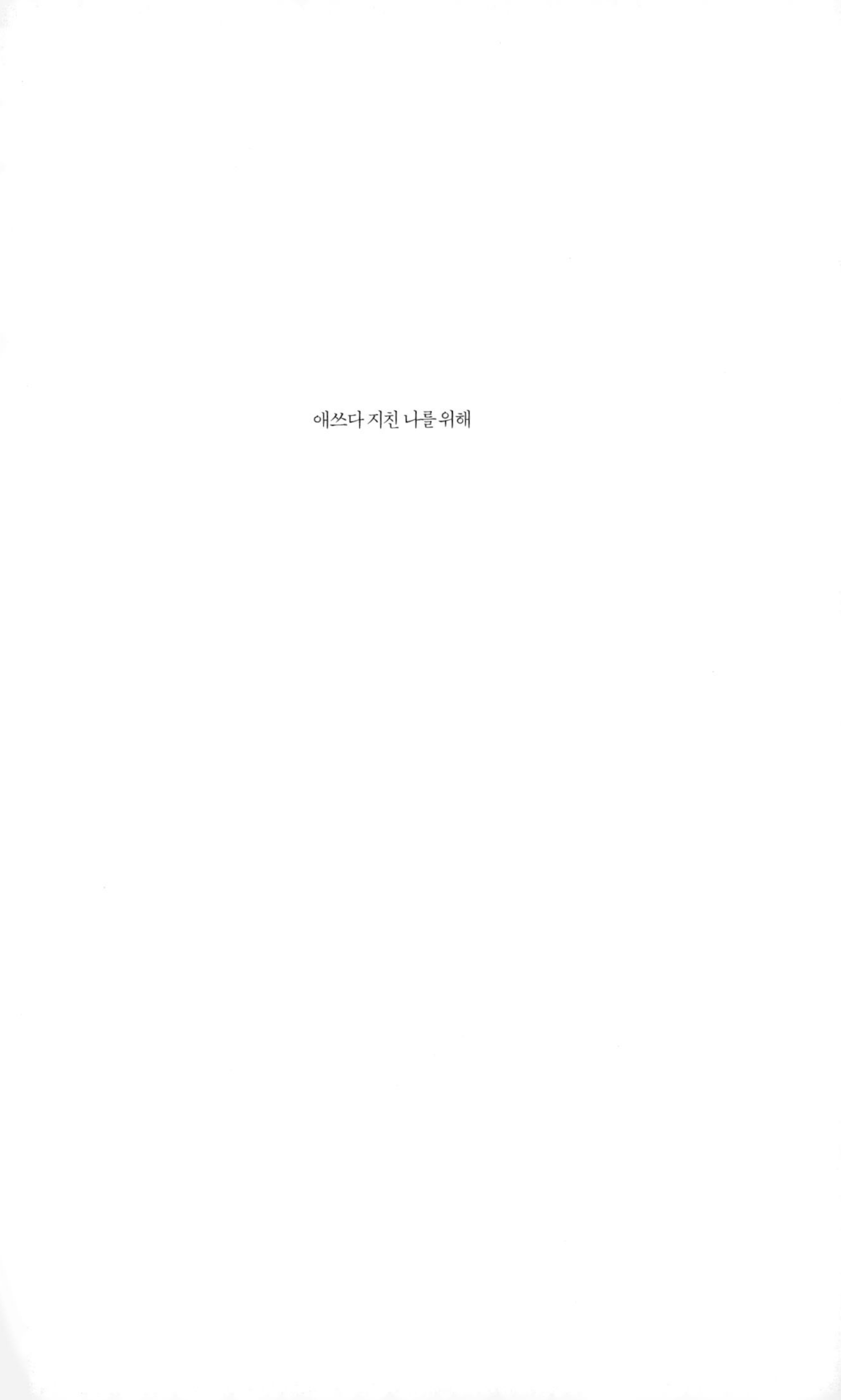

애쓰다 지친 나를 위해

오늘 쉼표 에세이

,

애쓰다 지친 나를 위해

서덕 지음

넥스트북스

| 프롤로그 |

애쓰다 지친
나와 당신을 위해

무엇을 해야 잘 쉬는 걸까.

동남아 리조트에서 선베드에 누워 수평선 위 뭉게구름을 보는 게 좋은 쉼일까. 유럽의 어느 뒷골목에서 반짝이는 소품을 발견하거나, 펍에서 현지인들과 왁자지껄 떠드는 게 좋은 쉼일까. 밭일을 끝낸 후 흙투성이 손을 씻고 감자전과 막걸리를 마시는 건 어떨까. 비를 피해 들어간 카페에서 유자차를 마시며 창밖 풍경을 바라보는 것은 어떨까.

"무엇을 해야 잘 쉬는 걸까?"

친구가 나에게 물었다. 느닷없는 전화였다. 대학교 졸업 이후 수년간 왕래가 없는 사이였다. 서먹할 만도 한데, 그녀는 전화를 붙들고 한여름 소낙비처럼 말을 쏟아냈다. 목소리는 다급했고 눅눅했다.

그녀는 회사에 있으면 심장이 빨리 뛰고 손발이 차가워진다 했다. 공기가 갑갑하여 견딜 수가 없다 했다. 자꾸 눈물이 쏟아진다 했다. 방금 들은 업무 얘기를 잊어버려서 허둥지둥하는 자신이 싫다 했다. 그녀는 회사를 그만두고 싶었다. 그러나 그만큼 퇴사가 두려웠다. 회사에서 점점 망가지는 느낌이지만, 회사를 그만두고 나면 완전히 망가질까 봐 겁났다. 도망치듯 그만두고 나면, 아무것도 못한 채 무기력하게 누워 있다가 다시 사회생활로 돌아가야 할까 봐 두려웠다. 다시 돌아갔을 때, 어딘가 하자가 있다는 듯이 사람들이 수군거릴까 두려웠다.

그녀는 누군가에게 불안을 털어놓고 싶었고, 나를 부여잡았다. 다른 친구에게서 내 이야기를 들었으리라. 나는 퇴사하여 오래도록 쉬다가 다시 회사에 다니기 시작한 참이었다. 그녀는 나의 쉼을 궁금해했고, 답을 찾고 싶어 했다. 하지만 내가 할 수 있는 건 무심한 말 몇 마디

뿐이었다.

"나는 오래 쉬면서 많이 좋아졌어."

그녀는 되물었다.

"나도 쉬면 나아질까? 무엇을 해야 잘 쉬는 걸까?"

"그냥 쉬면 돼. 몸이 하고 싶은 대로 하게 놔둬. 무언가 쥐어짜서 하려고 하지 말고."

그녀는 당장 쉬어야 할 상황으로 보였지만, 나는 단호하게 말하지 못했다. 저마다 처한 현실이 다를 테니까. 누군가는 쉬면서 기력을 회복할 수도 있지만 누군가는 쉬면서 무기력하게 침잠할 수도 있다. 누군가는 쉴 수 없는 상황일수도 있다. 아이를 키워야 한다든가, 부모를 봉양해야 한다든가, 러시앤캐시에 몇천만 원 빚이 있다든가, 일이 주는 즐거움이 너무 크다든가. 나는 그녀의 사정을 정확히 알지 못했고 섣불리 말을 하기가 조심스러웠다.

주제넘은 조언인 것 같아 말을 머금었지만, 진짜 하고 싶은 말은 따로 있었다. '쉼은 너를 망가뜨리지 않아. 너를 망가뜨리는 건 너의 불안과 강박과 긴장일 뿐이야. 머리가 시키는 거 하지 말고 몸이 원하는 걸 해. 몸한테 쉴

시간을 줘. 그냥 쉬면 돼. 부디, 애쓰지 마.'

어쩌면 이 책은 친구의 질문에 대한 긴 대답일수도 있겠다. '무엇을 해야 잘 쉬는 걸까'라는 질문에 대해서는 여전히 답할 수 없다. 쉼의 모습은 다 다르고 즐거움의 형상도 저마다 다르다. 다만, 어떻게 해야 잘 쉬는 걸까에 대한 나의 경험은 그녀에게 말해줄 수 있다. 잘 쉬려고 애쓰지 않는 마음, 무의미한 시간을 무의미하게 보내는 행동이 나에겐 정말 잘 쉬는 것이었다.

나 역시 그녀처럼 회사가 괴로워서 퇴사했다. 회사에 들어가기 전부터 어딘가 망가졌다는 느낌이었지만, 회사생활을 하며 완전히 망가진 것만 같았다. 사람과 눈을 마주치는 것이 두려웠고, 눈을 마주치지 않으려는 나의 모습이 드러날까 두려웠다. 일을 할 때 항상 조바심이 났고, 일을 하지 않을 때에도 무언가 해야 할 것만 같은 조바심이 들었다. 일하기 싫은 마음을 억누르느라 일에 쓸 정신이 부족했다. 세상에 온통 싫은 사람투성이였고, 그만큼 내가 싫었다. 우울했고, 불안장애가 있었고, 공황발작이 일어났다.

회사를 그만두고 쉬면서 나는 정말이지 잘 쉬고 싶었

다. 구겨진 마음을 펴고 싶었고, 빨리 회복하고 싶었다. 이런저런 계획을 세웠고, 답이 될 수 있는 말을 찾아다녔다. 그러나 그런 행동과 마음은 답이 되지 못했다. 마음의 깨달음을 주는 말은 세상에 많았지만 읽었을 때 잠깐 위안을 줄 뿐이고, 말이 자취를 감춘 자리에 남은 마음은 여전히 괴로웠다. 한참을 쉬다 보면 나아진 듯하다가도 어느 순간 다시 괴로웠다.

오래 쉬면서 겨우 한 가지 깨달은 사실은, 애쓰는 만큼 쉼은 수렁에 빠진다는 것이다. 돌이켜보면 마음의 많은 문제는 애쓰는 과정에서 생겨났다. 일을 더 잘하려고 스스로를 몰아붙이고, 좋은 사람이려 사람들에게 웃음 짓고, 잘 살아보겠다고 애쓰며 속이 썩어갔는데 쉼마저도 잘 해보자고 애쓰고 있다니. 애쓰며 살아가는 마음가짐이 습관이 되고 관성이 되어서 어느 순간 애쓰지 않아도 될 쉼마저도 쥐어짜고 있었다. 그래서 그냥 쉬었다. 하릴없이 시간을 보냈다. 오래도록 쉬었다. 그것은 애쓰며 살던 나의 관성에 대한 저항이었다. 애쓰지 않으려는 마음을 내 몸에 새기는 시간이었다.

그래서 나는 나아졌다고 친구에게 말할 수 있을까. 예

전의 나는 괴로웠고, 쉴 때도 괴로웠고, 쉬고 난 이후에도 때때로 괴롭다. 괴로움의 정도는 덜해졌지만 완전히 없어지지는 않았다. 그런 의미에서 보면 나는 나아지지 않았을지도 모른다. 다만, 나는 더 나은 사람 대신 나와 더 친한 사람이 되었다. 지금의 나는 괴롭고 예민한 나를 그리 싫어하지 않는다.

오래도록 할 일 없이 쉬며 간신히 할 수 있게 된 말이 "그게 나인걸, 어쩌라고"였다. 그 한마디를 몸으로 느끼는 데까지 참 오랜 시간이 걸렸다. 내가 싫어하던 나의 부분들과, 내가 회피하고 싶었던 나의 감정들을 바라보고 고치려 노력해보고 다독이며 그것들이 나의 부분이라는 걸 알아갔다. 예전의 나는 어딘가 망가졌다고 생각했으나, 나는 한 번도 망가진 적이 없었다. 나는 원래 그런 사람이었을 뿐이다. 내 스스로 절박하여 망친 인생이라고 생각하고 있었을 뿐이다.

천천히 쉬는 와중에 생각이나 문장이 몸에서 올라오는 순간이 있었다. 그 감정과 문장들이 모여 이 책이 되었다. 이 글들을 온전히 나의 것이라 할 수 있을지 잘 모르겠다. 많은 사람의 말과 글이 나를 스치고 지나갔고, 쉼의 과정을 통해 소화가 되어 나의 말이 되었다. 이를테면 심리상담사 이인숙 선생님의 말이 그러하다. 그녀는 나의 상담 선생님이고, 나는 그녀와 오랜 시간 많은 이야기를 나누었다. 오래오래 쉬는 동안, 스쳐 지나갔던 그 말들이 내 안에서 소화가 되고 몸에 녹아들어 나의 방식으로 문장이 되었다. 나는 내 몸에서 나온 나의 말과 그녀가 나에게 심어준 말을 구분할 수 없다. 결과적으로 이것을 나의 글이라 하지만, 출발은 여러 사람에게서 나왔을 것이다. 그 문장들을 대표하여, 심리상담사 이인숙 선생님에게 감사를 전한다.

괴로웠던 나와 괴로운 나의 친구 사이에 있는 누군가를 생각한다. 애쓰며 살아가는 사람들. 애쓰는 것이 괴롭지만 여전히 애쓰는 사람들. 힘들지만 아무렇지 않은 척 표정을 만드는 사람들. 망가질까 두려워 제대로 쉬지도 못하는 사람들. 쉼에 있어서도 잘 쉬어야 한다는 강박에 애쓰는 사람들. 이 글을 읽는 당신이 그러할까. 지금 애써서 괴롭다면, 쉬었으면 좋겠다. 퇴사일지, 휴가일지, 주말일지, 한두 시간의 쉼일지는 알 수 없으나, 쉼을 부디 쉼으로 즐겼으면 좋겠다. 잘 쉬어야 할 것 같은 강박에서 벗어나 그저 애쓰지 않는 시간이었으면 좋겠다.

나는 당신이 당신이었으면 좋겠다. 부장이니 어머니니 친구이니 연인이니 하는 호칭에 당신이 가려지지 않았으면 좋겠다. 더 나은 직급이나 더 나은 연봉을 위해, 더 나은 무엇이 되기 위해 무리하게 애쓰지 않았으면 좋겠다. 대신 당신이 좋아하는 소고기를 먹었으면 좋겠다. 소고기가 싫다면 고추바사삭도 좋겠다. 당신이 좋아하는 영화를 봤으면 좋겠다. 당신이 좋아하는 사람을 만났으면 좋겠다. 당신이 당신의 욕망에 가까운 사람이 되었으면 좋겠다.

당신이 당신이기 위해 애쓸 필요는 없다. 당신이 원하는 걸 당신의 쉬는 시간에 채워 넣으면 된다. 아무것도 원하지 않는다면 그냥 편히 쉬면 된다. 무엇을 좋아하는지 모르겠다면 그 쉬는 시간에 당신이 좋아하는 것은 무엇일지 차근차근 경험해보면 된다. 그렇게 쉬며 당신이 당신과 가까워졌으면 좋겠다. 적어도, 나는 그러했다.

아, 그러고 보니 쉬는 방법에는 독서도 있다. 이 책을 사서 읽으면 나도 조금 좋겠다.

,

차례

1부

쓸모 있는 인간이고 싶었다

2부

아무 계획 없이, 그냥 나를 위해서만

3부

비로소 나 자신이 되어간다

1부

쓸모 있는 인간이고 싶었다

,

쓸모 있는 인간이 되려 애썼다.
나 자신을 쓸모없는 인간으로 여겼기 때문이다.

사랑받기 위해 좋은 태도를 연습하고
인정받기 위해 열심히 일할수록
나는 나와 멀어지고 있었다.

다 그만두고,
쓸모없는 생활을 한다.
쓸모없는 시간을 보내며
그저 몸의 소리를 듣는다.

몸이 말했다,
제발 쉬어달라고

●
○

어느 일요일이었다. 저녁에 아이디어 회의가 예정되어 있었고 나는 당연히 낮부터 출근을 했다. 회의 시간이 다가오는데 아이디어는 떠오르지 않고 막막하기만 했다. 지난번 경쟁 PT 때 팀장이 나를 질책했던 일이 생각났다. 새로 들어온 팀원이 나의 아이디어를 형편없이 볼까 봐 겁이 났다. 절박했다. 하지만 아이디어가 떠오르지 않았다.

아이디어 말고 불길한 상상만 커졌다. 나는 능력 없는 사람인가. 광고는 내 길이 아닌가. 그만두어야 할까. 그만두면 뭐 먹고 살까. 예전의 옥탑방, 반지하 생활로 되돌아가야 하나. 상상들은 점점 커져갔다. 좁고 어두운 방에 홀로 갇힌 내가 떠올랐고, 쓸모가 없어져 아무에게도 사랑받지 못할 내가 상상되었다. 그냥 죽어버릴까 하는 생각으로 이어졌다. 상상들이 이어지며 심장이 빨리 뛰기 시작했다. 호흡이 가빠졌다. 손발이 차가워지더니 현기증이 나서 무릎에 힘이 풀렸다. 안면이 저리다가 마비되어 얼굴 근육을 움직일 수 없었고 말이 나오지 않았다. 손발이 덜덜 떨려 제 자리에 털썩 주저앉아버렸다. 내 몸이 내 통제를 벗어나 제멋대로 움직이고 있었다. 공황발작이었다.

한번 공황이 온 이후로 계속 두려웠다. 때때로 숨이 멎을 듯한 상황이 찾아왔고, 심장이 살짝 빠르게 뛰면 또 공황이 찾아올까 불안했다. 초조함이라든지, 분노라든지, 우울감이라든지 부정적인 감정들은 주체가 되지 않았고 도대체 내가 왜 그러는지 알 수 없었다. 일에 집중하는 것보다 감정을 추스르는 데 더 많은 시간을 뺏기고 있었다. 버텨보려 했으나 한계였다. 나는 도망치듯 회사를 나왔다.

많은 시간이 흐르고 나서야 나는 불안과 혼란에 조금 익숙해졌고, 겨우 나를 바라볼 수 있었다. 내 안에 다른 내가 있었다. 내 의지에 저항하는 나B였다.

나A는 나를 통제해서 무언가를 해내라고 채찍질하고, 나B는 꾸역꾸역 말을 따르며 불만에 가득 차 있다. 나B는 발작이라는 형태로 표현하기 전에도 못 견뎌서 종종 아우성을 쳤다. 이를테면, 야근할 때 그러했다. 나A는 조급해서, 핫식스와 초코바로 끼니를 때우고 계속 일을 한다. 나B는 며칠 전부터 계속된 야근에 짜증이 가득한 상태다. 나A는 나를 움직여서 계속 모니터 앞에 앉게 하지만, 나B는 아무것도 하기가 싫어서 나를 휴대폰만 보도록 움직인다. 나A와 나B의 갈등으로 인해, 일을 하는 것도 아니고 쉬는 것도 아니고 이도 저도 아닌 상태이다. 그렇게 시간만 보내다 보면 나A는 절박해서 어쩔 줄을 모른다.

집중이 되지 않는 내가 너무 답답해서 시간을 재어본 적이 있다. 나는 모니터 앞에 앉아서 일에 5분쯤 집중한다. 그리고 나는 어느새 휴대폰을 들어 30분 정도 보고 있다. 화들짝 정신이 들어 다시 일에 집중한다. 그러나 역시 5분을 못 가고 다시 휴대폰을 가지고 놀고 있다. 몸은 피곤해서 쉬고 싶어 하는데, 나A는 절박하기만 해서 나를 한계치로 밀어붙인다. 견디지 못한 나B는 파업을 일으킨다. 소소하게는 집중하지 않고 딴 짓하는 형태로, 크게는 몸의 주도권을 빼앗는 공황이란 형태로.

당황스러웠다. 나는 나를 잘 통제하는 사람이었다. 나는 사람들 앞에서 감정을 많이 드러내지 않는 사람이었고, 감정에 흔들리기보다는 눈앞에 당면한 문제 해결 방법을 찾는 사람이었다. 그러나 그 생각은 착각이었다. 나는 나를 온전하게 통제하여 다루는 게 아니라, 나를 억누르고 있었었다. 억눌리다 못한 나B는 터져나왔다.

찬찬히 나의 과거를 살피다 보니 나B는 나의 인생 곳곳에서 존재감을 과시했었다. 내가 보지 못했을 뿐이다. 내 의지로 억누를 수 없는 녀석. 억지로 끌고 가다 보니 뒷전에 밀려 있던 나라는 녀석. 녀석과 적절히 타협하거나, 때로는 윽박지르거나, 녀석을 만족시켜주거나 하며 녀석과의 공생을 추구하는 방법을 고민한다. 심리학적으로는 통합까지 이루어야 한다고 하지만 그것까지는 잘 모르겠고, 나는 당장 녀석과 잘 살아가고 싶다. 그래서 녀석을 알아간다. 나B는 무엇을 싫어하는지, 무엇을 좋아하는지, 무엇을 못 견뎌 하는지, 무엇에 짜증을 내고, 무엇에 슬퍼하는지를 알아가며 나를 통제하는 감각을 느끼기 시작한다. 그리고 나B, 나C, 나D 등등 내 안에 다양한 주체들이 숨어 있었음을 알아간다.

처음 공황발작이 일어났을 때는 절망스럽기만 했으나, 지금은 공황으로 인해 나B를 알아차릴 수 있었으니 고맙기도 하다. 어쩌면 공황은 나B의 언어였을 것이다. 말 못 하는 나B가 나A에게 몸으로 전하는 언어. '나 여기 있어. 나 괴로워. 나는 한계야. 나를 좀 쉬게 해줘.' 예전부터 여러 가지 방법으로 나B가 표현하고 있었으나 내가 무시하던 그 말. 공황으로 거칠게 표출되고서야 간신히 내가 알아들을 수 있었던 말. 그 격한 언어에 나는 간신히 멈춰 섰다.

공황이 일어나기 전에 나B를 알아차리고 잘 다독이며 지냈다면 더욱 좋았으련만. 하지만 그것은 가정일 뿐이다. 공황이 없었다면 나는 영영 내 안의 나를 바라보지 못했을지도 모른다. 나를 알고 나와 살아가는 과정, 계기는 공황이었다.

쓸모없는 시간

●
○

몇 년 전에 한 사람을 소개받았다. 소개팅이 늘 그렇듯, 함께 영화를 보고 밥을 먹고 맥주를 마시고 커피를 마셨다. 흔한 이야기들이 이어지다가 흔하디흔한 여행 화제로 이어졌고, 그녀는 흔하되 흔하지 않은 여행 경험을 얘기했다. 언젠가 그녀는 제주도의 게스트하우스에 있었단다. 그곳에서 그녀는 아무것도 하지 않은 채 그저 멍하니 빨래가 마르는 풍경을 지켜봤단다. 젖은 빨래가 빳빳하게 마를 때까지 몇 시간이고 멍하니 쳐다보고 있었다 한다. 젖은 천에 와닿는 햇볕과 눅진한 제주도 바람과 서서히 빳빳함을 찾아가는 수건과 필사적으로 여유를 누리는 그녀의 풍경이 그려졌다. 그렇게 쉬어야 했던 그녀의 고됨이 짐작되었고, 그 풍경을 바라볼 수 있는 그녀의 시선이 부러웠다.

백수생활을 하며 나는 겨울이 지나고 봄이 되도록 집에서 계속 쉬었다. 어느 월요일, 나는 햇살을 받으려 창문을 열었다. 창턱에 걸터앉아 바람을 맞고 있으니 고양이가 올라와 곁에 자리를 잡는다. 손으로는 고양이를 쓰다듬고 눈으로는 창밖을 향한다. 옆집 옥상에서 빨래가 마르고 있다. 옷걸이에 걸린 티셔츠는 어깨춤을 추듯 바람에 흔들린다. 무슨 일을 하며 먹고 살지, 따위의 쓸모있는 고민을 눌러 담고 빨래가 마르는 풍경을 오래도록 지켜본다. 조금씩 수분이 빠져나가 티셔츠의 흔들림은 경쾌해진다. 바람이 더 강해져서 그런지도 모를 일이다. 아무려면 어떠한가. 티셔츠는 마르고 있고, 나는 그것을 바라보고 있다.

의도가 있는 행동이 아니다. 복잡한 생각에서 잠시 쉬어가기 위함이 아니고, 피로한 심신을 달래려 함이 아니다. 아무 쓸모도 없는 멍때리기이다. 진짜 휴식이다.

나는 쓸모 있는 인간이 되기 위해 스스로를 다그쳐왔다. 나는 광고회사의 카피라이터였고, 쓸모 있는 아이디어를 내서 쓸모 있는 인간이 되려 했다. 내 아이디어는 때로 쓸모가 있었고 때때로 쓸모가 없었다. 그런데, 성공의 기억은 휘발성이라 쉬이 사라지고 실패의 기억은 진득하게 남는다.

나름 열심히 준비해서 괜찮겠다고 생각했던 아이디어가 "별론데?"라는 피드백에 무너지고, 다시 바득바득 갈면서 준비한 아이디어가 "너 인턴 때보다 퇴보했어"라는 말에 무너지고, 밤을 새워 준비해간 아이디어가 한숨과 찡그린 미간이라는 답에 무너지고. 나의 노력은 부질없이 흩어졌고, 상대의 말은 단단하게 내 안에 남았다. 이겨내고 싶었다. 팀장을 넘어서고 싶었다. 쓸모 있는 인간이고 싶었다.

"대리님, 신발 짝짝이 아니에요?"

언젠가 저녁 식사를 먹으러 나올 때쯤, 내 신발을 본 동료가 말했다. 내려다보니 왼쪽은 검은 스니커즈, 오른쪽은 갈색 단화였다. 저녁이 되도록 눈치채지 못하고 있었다. 침대 옆의 메모지에 업무 아이디어를 끄적대며 잠이 들고, 다음 날 아침에 샤워하면서도 업무를 걱정하고, 출근길에도 업무를 생각하고, 회사에서도 내내 업무를 생각하느라 아침에 무엇을 신고 나왔는지 알지 못했다. 양발에 닿는 감각의 차이를 느낄 여유가 없었다. 헛웃음이 나왔다. 절박하여 다른 것들이 제대로 보이지 않았다. 사물 하나를 오래 집중해서 보면 주변이 뿌옇게 흐려지듯이, 절박하고 절박하여 업무도 생활도 제대로 눈에 들어오지 않았다.

제대로 쉬지도 못했다. 쉼에 있어서도 쓸모를 생각하기만 했다. 생산적인 취미 따위를 하며 쉬었고, 인간관계를 위해 사람을 만나며 쉬었다. 마냥 쉬더라도 그 쉼에는 명분이 있었다. 월요일 아침 10시에 회의가 있다 치면, 토요일 오전과 일요일 오전에는 쉰다. 주말 오후에 집중해서 일하기 위한 충전의 시간이다. 일하기 좋은 컨디션을 유지하기 위함이다. 오전에 두 시간쯤 시간을 보내고 있으면, 마음 한편에는 '이 정도 쉬고 나면 일이 더 잘되겠지'라는 생각과 '쉬는 가운데 무언가 떠오르지 않을까' 하는 기대가 뒤섞인다. 쉼은 그 자체로 쉼이 아니라 다시 뛰는 것을 전제로 한 쉼이었다.

백수가 되어서 다 내려놓고 쉬자고 마음먹었어도, 나는 불안하여 여전히 계획을 세우고 있었다. 다음 달까지 이런 걸 알아보고 저런 걸 알아봐야지. 그다음 달에는 알아본 것을 바탕으로 이런 것을 해보고 저런 것을 해보자 운운. 그리고 계획대로 하지 않고 있는 나를 보며 자괴감에 빠지고 또 나를 싫어하여 보채고 있었다.

계획을 다 뒤엎었다. 쓸모 있는 인간이 되려 애쓰는 짓을 그만두고, 쓸모없는 생활을 해보기로 마음을 다졌다. 굳이 계획이라면, 어깨가 뭉칠 정도의 행동이나 마음씀을 하지 않기로 한다. 아니, 마음도 다잡지 않기로 했다. 하고 싶은 것은 마음껏 하되, 해야 하는 것은 최대한 미루기로 마음먹었다. 하고 싶은 것이 없으면 생기기 전까지 아무것도 하지 않기로 한다. 퇴직금이 절반 이상 떨어지기 전까지는 아무것도 하지 말고, 흘러가는 대로 내버려두자. 나라는 녀석은 해야 할 상황이 닥치면 어떻게든 하게 되어 있다. 삼십여 년간 대한민국에서 일반적인 성장과정을 밟아왔으니, 내 안에는 좋든 싫든 무언가를 해야 할 것만 같은 메커니즘이 자리잡고 있을 것이다. 그

동안 쌓아온 나의 관성을 믿고, 나를 내버려두었다.

저녁 즈음에 옆집 옥상을 다시 바라보았다. 빨래는 없고, 빨랫줄 너머 하늘에 노을이 지고 있었다. 하늘의 빛깔이 붉음을 중심으로 풍성해지다가 가뭇해졌다. 저게 무슨 의미가 있을까. 노을이 무슨 쓸모가 있을까. 아름다울 수도, 우리 일상에 쓸모가 있을 수도 있지만, 그것은 결과적으로 그러했을 뿐이다. 노을은 그저 노을이다. 무엇이 되려고 의도하지 않았을 것이다.

고양이를 바라보았다. 녀석은 제가 좋아하는 스크래쳐 위에 앉아 졸고 있었다. 녀석은 등 따숩고 배부르면 행복하여 가르릉가르릉 소리를 낸다. 고양이는 더 나은 고양이가 되려 애쓰지 않는다. 나에게 사랑받기 위해 애교를 연습하지 않는다. 다시 열심히 놀기 위해 재충전하지도 않는다. 놀고 싶을 때 놀고, 쉬고 싶을 때 쉰다. 쉼에 의미를 부여하지 않는다. 고양이는 그저 고양이다. 고양이의 쉼은 그저 쉼이다.

어쩌면 나의 쉬는 시간은 짐승에 가까웠을 수도 있겠다. 아니, 짐승을 닮았기를 바란다. 등 따숩고 배부르면 행복할 수 있기를. 지나가는 풍경을 멍하니 바라보아도 시간이 아깝지 않을 수 있기를. 불안이 쉼을 좀먹지 않기를. 쉼이 결과적으로는 쓸모가 있는 행위일 수도 있고 아닐 수도 있다. 하지만 나에게 필요한 건 쓸모가 있느냐 없느냐가 아니다. 그저 쉼을 그 자체로 즐기는 것이다. 말랑말랑한 어깨를 하고. 느슨한 마음을 하고. 최대한 시간을 무의미하게. 빨래를 오래도록 바라보던 그녀처럼.

고통은 비교급이 아니다

●
○

한때, 교통사고가 나길 간절히 바란 적이 있다. 과거에 회사생활을 할 적에는 밤늦게 야근하는 경우가 잦았는데, 새벽 서너 시쯤 택시를 타고 집으로 향하는 길에 사고가 나는 상상을 하곤 했다. '쾅!' 하고 어딘가에 부딪쳐서 입원하면 내일 회의에 안 들어갈 수 있겠다는 바람이었다. 밤새 생각해보아도 괜찮은 아이디어가 떠오르지 않았기 때문이다.

회의에 백지를 가져갈 수 없으니 형편없는 아이디어나마 정리해놓고 나면 다음 날 회의에서의 내 모습이 그려졌다. 나는 스스로 납득이 안 되는 방향을 설명하느라 말이 꼬일 것이고, 말을 더듬으며 목소리가 점점 작아질 것이다. 팀장과 다른 팀원들은 한심한 눈빛으로 나를 쳐다볼 것이다. 나는 얼굴이 벌게질 것이다. 그렇게 아이디어대신 부정적인 망상을 하다 보면 새벽 네 시. 집에 가서 옷은 갈아입어야 할 시간이다. 하지만, 그 흔한 교통사고 한 번 당하기가 쉽지 않았다. 대한민국 택시기사들은 베테랑 운전자다.

언젠가 또래 동료와 술을 마시며 이 이야기를 하자, 그가 말했다.

"나도 그런 적 많아."

친한 선배에게 이 이야기를 하자, 그가 말했다.

"지금 내 마음이 그 마음이다."

후배 직원과 담배를 피우고 있는데, 그가 한숨을 쉬며 먼저 말했다.

"교통사고 나서 한 달 정도만 쉬었으면 좋겠네요."

입원은 광고계 모두의 워너비인걸까.

이후에 회사에서 공황발작이 일어났다. 당황한 나는

연차를 써서 쉬다 돌아왔고, 그 사이 회사에 소문이 돌아 죄다 내 상태를 알고 있었다. 다시 출근을 하는데, 엘리베이터에서 마주친 다른 부서 직원이 내게 말을 건넸다.

"괜찮아요? 공황 왔다면서요."

그는 말을 이었다.

"저도 공황인데."

복도에서 마주친 옆 팀 동료도 말을 걸었다.

"저도 공황 때문에 이전 회사 그만뒀어요."

며칠 후 이전 회사 동료에게서 전화가 왔다.

"오빠, 공황이라며? 괜찮아? 나도 요새 스트레스 때문에 안면마비 왔었어."

술자리에서 우연히 만난 업계 친구도 말을 했다.

"나도 광고주 때문에 미치겠다. 바지 뒷주머니에 항상 검은 봉지 챙겨 다녀. 언제 공황이 또 올지 몰라서."

아프고 보니, 아픈 사람들이 너무나 많았다. 나만 유달리 아픈 게 아니었다. 다들 괴로움을 품은 채 살아가고 있었다. 위안이 되었으나, 한편으로는 서글프기도 했다. 나의 아픔이 다들 겪는 흔하디흔한 것이 되어버리는 게 서글펐다. '남들은 그럭저럭 버티고 사는데, 내가 유난

떨고 있는 건가?'라는 마음도 들었다. 괴롭지만 당장 회사를 그만두지 않고 버텼던 이유도 그러한 마음 탓이다.

바보 같은 마음이었다. '모두가 아프니까 나도 참아야 돼'라는 마음이 나의 아픔을 돌아볼 기회를 날려버리게 했다. "너만 아픈 거 아니니까 참고 일해" 혹은 "배부른 소리하고 있네. 그래도 우리 회사는 다른 곳에 비해 양심적으로 대해주잖아"라고 말하며 타인의 아픔을 평가하고 절하하는 상사의 태도와 내 아픔을 돌보지 않은 나의 태도가 무엇이 다를까. 왜 내 스스로 나의 아픔을 별것 아닌 것으로 만들고 있었나. 모든 아픔은 각자에게 있어 최대치의 아픔인데. 내가 참을 수 있는 한계치는 남이 정해주는 것이 아니라 내가 정하는 것인데.

나는 자기객관화를 잘한다고 생각했는데, 객관적으로 나를 관찰하는 게 아니라 그저 남과 나를 비교하고만 있었다. 자신과 한 발 떨어져서 스스로를 관찰하는 것은 중요하지만, 남과의 비교를 통해서만 자신을 객관화하는 것은 객관화가 아니다. 그저 비교이자 자기학대다.

빈곤을 주제로 한 다큐멘터리를 보거나, 외국으로 자

원활동을 다녀온 사람들은 종종 말한다.

"저렇게 살아가는 사람도 있는데 나는 참 행복한 거지. 보고 있으면 내 삶에 감사해지더라."

나는 그 말이 참 무례하다고 생각한다. 상대의 아픔을 자신의 아픔과 견주어서 위안으로 삼는 마음. 타인의 아픔을 있는 그대로 보려 하지 않고 자신의 비교급으로만 생각하는 태도. 나의 태도도 그러했을 것이다. 누군가와 비교하며 나의 아픔을 비하하는 마음. 다만 나는 위안 대신 자학을 얻었을 뿐이다. 고통을 비교하는 태도를 이제 겨우 그만둔다.

그것은 '내가 세상에서 제일 아파'라는 태도를 갖겠다는 것이 아니다. 세상의 아픔 중에 나의 아픔을 제일 위에 놓으려 함이 아니다. 누군가의 아픔은 그 누군가에게 있어 가장 큰 아픔이고, 나의 아픔은 나에게 있어 가장 큰 아픔임을 생각하는 것이다. 나의 아픔을 내가 돌보고자 애쓰고, 타인의 아픔을 있는 그대로 바라본다. 자기객관화라는 말에 휘둘려 세상과 나를 비교하는 짓을 그만두고 각자의 주관적인 아픔을 존중한다. 그만큼 나의 아픔을 존중한다.

나의 아픔을 나만의 것으로 생각하고 나서야 나는 회사 동료들의 아픔을 다시 생각할 수 있었다. 저마다 비슷한 아픔을 가지고 살아가는 사람들. 하지만 저마다 최대치의 아픔을 견뎌내며 사는 사람들. 그들의 인내에 응원을 보내고, 나의 멈춰 섬에 응원을 보낸다.

혈중칭찬농도는
어느 정도가 적당할까

『은하영웅전설』이란 소설을 아시는지. 수백 년 후의 우주를 배경으로 은하제국과 자유행성동맹 간의 전쟁을 다룬 SF 대하소설이다. 소설의 주인공 한 명은 자유행성동맹의 군인인 양 웬리인데, 그는 절대 지지 않는 전쟁 천재이자, 아마추어 역사학자이자, 나사가 하나쯤 빠진 듯한 게으름뱅이였다. 그는 기발한 전술로 매번 적을 쳐부수었지만, 빨리 은퇴하여 연금으로 생활하기를 꿈꾸었다. 중2병 소년이 동경할 법한 캐릭터였다. 사춘기였던 나는 책을 몇 번이고 읽으며 양 웬리에 나를 이입했다. 돌이켜 생각해보면, 양 웬리의 능력이나 태도만을 동경한 건 아니었다. 양 웬리가 농담을 던지며 가볍게 승리를 거두는 장면에서도 쾌감을 느꼈지만, 다른 장면에서도 나는 종종 마음이 우쭐해지곤 했다.

"제발 전장에 나가주게. 자네는 무적의 양 웬리가 아닌가."

소설 속 정치인들은 전쟁영웅인 양 웬리를 견제하여 청문회로 꼬투리를 잡으려 했는데, 급작스레 적이 침입하자 태도를 바꾸어 양 웬리에게 전장에 나가달라고 간청했다. 모두가 양 웬리를 필요로 했고, 양 웬리는 뾰로통한 마음으로 전장에 끌려나갔다.

나는 그의 능력을 동경하는 만큼이나 그를 대하는 사람들의 반응을 동경했다. '네가 없으면 안 돼'라고 하는 절실한 반응들. 그 말을 듣고 있는 자리에 나를 이입하는 것이 나의 쾌감이었다. 얼마나 인정이 고팠으면 그랬을까. 누군가에게 말하면 얼굴이 살짝 발개질 법도 하다. 사춘기 소년이 거대한 히어로를 상상하며 초라한 자신을 감추는 것을 뭐라고 하겠냐만, 머리로 이해하려 해도 부끄러움은 올라온다. 그리고 더 부끄러운 지점은, 이후로도 중2병적인 인정 욕구가 여전했다는 점이다.

대학교 때 교양과목으로 '문예창작의 이해'라는 수업을 들었다. 교수님은 시조시인이었다. 언젠가 시 창작 과제를 내주었는데, 나는 내가 봤을 때 썩 괜찮은 시를 제출한 것 같아서 기대하는 마음으로 수업으로 향했다. 교수님은 제출과제 중에 잘된 시를 파워포인트로 띄워서 학생들에게 보여주며 자신의 감상을 풀어냈다. 습작 시를 하나씩 소개하며 "이 구절 너무 절절하게 아름답네요"라는 둥 칭찬을 아끼지 않았는데, 수업이 끝날 무렵이 되어도 내 시는 소개되지 않았다.

씁쓸한 마음을 감추고 '시는 내 길이 아닌가 보다' 하고 마음을 추스르는 찰나, 교수님이 말했다. "마지막으로 소개할 시가 있어요. 정말 너무 좋은 시예요"라며 장표를 넘기는데, 나의 시였다. 기뻤다. 아니, 부사가 더 필요하다. 정말 매우 굉장히 아주 극도로 기뻤다. 일어나서 어깨춤을 추며 노래할 만큼 기뻤다. 물론, 아무렇지 않은 척 무심한 표정을 짓고 있었다. 마치 양 웬리처럼.

누군가에게 인정받는다는 느낌은 최고였다. 중2 때 양

웬리에 이입해서 공상으로 자위하던 마음을 충족받는 순간이었다. 학기가 끝날 무렵에 교수님은 나를 불렀고, 자신이 운영하는 아카데미에서 본격적으로 시를 배워서 써 보지 않겠냐고 제안했다. 나는 가슴이 벅차올랐다. 아아, 내 재능을 누군가가 인정해주었고, 나를 필요로 하고 있었다! 나는 양 웬리가 그러했듯이 '내가 원한 게 아니라 당신이 나를 필요로 해서 가는 거다'라는 뉘앙스를 보이려 겉으로는 무표정하고 시크하게 "음…… 네, 그렇게 하죠"라고 답했다. 그게 능력자니까. 진짜 능력자는 굳이 인정을 필요로 하지 않으니까. 하지만 내 안의 중2는 만세삼창을 외치고 축가를 부르고 춤을 추고 있었다. 그렇게 나는 인정에 이끌려 시조를 배우고 문단을 기웃거리게 되었다.

내 직업의 시작도 칭찬과 인정에서 비롯되었다. 대학교 4학년이 되자 나는 여기저기 인턴십을 기웃거렸고, 한 광고회사에서 카피라이팅 인턴으로 일하게 되었다. 선배들은 다들 풍기는 분위기가 남달랐고, 나는 따라가려 발버둥을 쳤다. 아무것도 모른 채 이리저리 카피를 쓰며 밀어붙이는 와중에, 무언가 얻어걸렸다. 광고주가 내가 쓴 라디오 광고 카피를 선택했단다. 역시나 마음속 중2는 춤을 추고 있었다. 만세! 나는 재능덩어리일지도 몰라! 난 광고에 재능이 있나 봐! 나는 우쭐해졌고, 그 우쭐함에 이끌려 광고판에 들어서게 되었다.

나의 길은 인정의 길이었다. 내가 좋아하는 무언가를 선택하는 게 아니라, 나를 칭찬해주는 무언가를 계속 따라다녔다. 나는 칭찬에 굶주렸다. 대단한 사람이고 싶었고, 칭찬은 나의 대단함을 입증해주는 방법이었다. 그리고 남에게 인정받는 대단한 사람이길 바라면서도, 대단한 사람이길 바라는 내 마음을 몰랐다. 자기만족을 위하여 일한다고 남에게 말하고 다녔고 나 스스로도 그렇게 생각해왔지만, 아니었다. 칭찬이 나를 어떻게 조종하는지 모르는 채, 나는 인정과 칭찬에 중독되어갔다.

연차가 쌓여가며 칭찬이 말랐다. '젠장. 더 열심히 해야 돼.' 스스로를 채근하며 열심히 일했다. 노력했다. 그런데, 안 됐다. 칭찬은 줄어들었고, 간혹 시니컬한 상사와 일할 때는 부정적인 피드백이 늘어갔다. 인정과 칭찬이 줄어들면서, 칭찬 중독은 칭찬 금단으로 나아갔다. 칭찬

금단이 무엇인고 하니, 내가 나를 정말 보잘것없는 것으로 여기게 되었다는 의미다(칭찬의 문제를 넘어서서 복합적인 부분이겠지만, 추후에 더 얘기하도록 하자). 간헐적으로 칭찬을 들으면, 의심을 했다.

"이번 아이디어 너무 좋았어. 훌륭해. 이렇게만 가자."

팀장이 나를 칭찬해도, 나는 그 칭찬을 믿을 수 없었다. 다른 의도가 숨겨져 있는 것만 같았다. 내가 의기소침해하니까 같잖은 아이디어를 두고 괜히 칭찬을 하나? 나에게 미안한 감정을 칭찬으로 해소하려고 하나? 감정적 지지가 필요한가? 본인도 칭찬을 받고 싶어서 저러나? 칭찬을 베풀면서 자신의 가치를 확인하나?

마음이 비뚤어지고 있었다. 무엇보다도 간절히 칭찬을 바라고 있었지만, 어떤 칭찬도 믿을 수 없었다. 칭찬으로 살아가다 칭찬이 끊겼을 때 나는 삽시간에 쪼그라들었다.

지난날의 칭찬 중독은 무엇이었을까. 남에게 칭찬을 받고 싶어서 안달이 난 상태이다. 칭찬이 없으면 스스로 버틸 수 없는 인간이 되어버린 것이다. 스스로를 초라하다고 여기고 있기에 남의 칭찬으로 스스로의 초라함을 부정한다. 이 지점이 나다. 양 웬리 흉내를 내려하는 중2병인 나. 오래도록 쉬면서 겨우 나는 내 안의 양 웬리를 바라보게 되었다.

이런 나에게 나는 무엇을 해줘야 할까. 칭찬에 무심해지는 연습을 해야 할까. 아닌 듯하다. 탄수화물 중독이라고 할지라도 탄수화물을 완전히 끊는 것이 답일 수 없다. 적당한 수준의 탄수화물을 유지해야 한다. 남들이 그러하듯 나는 불완전한 인간이고, 칭찬으로 나의 존재가치를 확인하고 싶은 마음을 완전히 끊을 수는 없다. 칭찬의 양이 널뛰는 게 문제다. 나의 혈중칭찬농도를 적정선으로 맞춰야 한다.

밖에서 아무리 칭찬을 받아봤자 부족할 수밖에 없다. 밖에서 칭찬을 바라는 한, 나는 칭찬받을 만한 일을 하기 위해 계속 내 스스로를 학대해야만 한다. 그래서 나는 스스로 칭찬한다. '우쭈쭈쭈. 덕아 잘한다. 잘했어.' 설거지를 제때 끝내놓은 나를 칭찬하고, 고양이와 하루 삼십 분 놀아주는 나를 칭찬한다. 수건을 결대로 맞춰 정리하는 나를 칭찬하고, 매일매일 수영장에 가는 나를 칭찬한다.

업무 칭찬에만 매달리는 것이 아니라 칭찬의 종류를 다양하게 넓힌다. 유치한 말장난 같지만, 나의 내면은 이미 유치하다. 겉은 자랐지만 속은 전혀 자라지 않았다. 중2병에 맞는 방법을 찾을 따름이다.

내 안의 양 웬리를 조금씩 내놓는 연습을 한다. 누군가에게 칭찬을 들었을 때 시크하게 답하지 않고, 그 말을 그대로 즐기려 노력한다. 멋있어 보이는 대답이 아니라 솔직한 대답을 한다. "그치? 나 칭찬받을 만했지? 칭찬 더해줘"라는 식으로. 아…… 역시나 글로 옮기려 하니 부끄러워진다. 이 부끄러움을 내놓기 위해 노력한다. 멋진 나를 보여주는 것을 줄이고, 솔직한 나를 드러내려 노력한다. 있는 그대로의 나. 내 욕망을 드러내는 것을 부끄러워하지 않는 나. 스스로의 인정 욕구에 대해 이해하고 그 욕구를 적정한 선에서 충족시켜주려 노력하는 나. 그런 나를 바라며, 오늘도 나는 나를 칭찬한다.

세상이 다
그런 거 아냐?

삼십 대에 들어서면서 단호한 말을 하는 친구가 점점 늘어난다. 술을 한잔 마시거나 하면 말의 강도는 더 강해진다. 인간관계며 삶의 철학이며 연애며 사업관이며, 그들은 자신이 깨달은 인생의 진리를 단호하게 말한다. 이를테면, 이런 말이다.

"야, 연애가 뭔지 아냐? 여자는 사랑받는다는 느낌이 필요한 거고, 남자는 인정받고 있다는 느낌이 필요한 거야."

단호한 말을 늘어놓으며, 그들은 세상이 점점 쉬워진

다고 말한다. 쉬워질 만하다. 세상을 어떤 명제로 규정짓고 나면 이해하기는 편하겠지. 그리고 그들은 덧붙인다.

"세상이 다 그런 거 아냐?"

"너도 그렇잖아."

"남들도 다 그렇잖아."

이런 류의 말들이다. 나는 그러한 얘기들에 반박하거나 대꾸하지 않는다. 그들의 진리에 토를 달기 시작하면 끝없이 네가 옳네, 내가 옳네로 이어질 테니까. 다만 그들의 규정이 닿지 않는 부분을 생각한다. 연애에선 녀석의 말이 대체적으로 맞을 수도 있지만, 세상에는 그렇지 않은 연애들도 존재한다. 쉬운 명제로 모든 것을 정의해버리면, 나머지의 연애들은 정상이 아닌 것으로, 이상한 것으로 치부되어버린다. 규정에서 비껴간 나머지를 4차원이니, 이상하다느니 하는 식으로 배제해버린다. 세상의 많은 규정들은 규정에 해당하지 않는 것들을 삭제해버린다.

이해는 한다. 명쾌한 규정이 쉽고 섹시하니까. 내가 하던 광고일의 중요한 부분이 명쾌하고 단호한 말을 찾아내는 것이다. 사람들은 복잡한 생각을 싫어하니까. 섹시

한 규정에 사람들은 쉽게 쏠리니까. 하지만 그렇게 부분만을 드러내어 강조하다 보면 단 한 면에만 시선이 쏠려서 다른 면을 볼 수 없게 된다. 광고가 사람들을 한 면에 쏠리도록 유도하는 것처럼.

내가 세상의 이면에 있는 진실을 두루두루 살피는 것처럼 얘기하지만, 나 역시 규정에 많이 휘둘렸고, 또 휘둘린다. 회사를 그만둔 나는, 나를 규정하는 말을 찾아다녔고 규정하는 말에 안도했다. 의사에게 우울증과 불안장애 등을 진단 받고서 우울해지면서도 한편으로는 마음이 편했다. 규정으로 인해 나는 회사의 누군가에게 우울증이라고 말할 수 있게 되었다. 회사에 "우울해서 힘들어요. 조퇴하고 싶어요"라고 말을 한다고 그 말을 이해해줄 리 없다. 구구절절한 나의 상황을 얘기하고 나면, 너만 그런 거 아니라는 말로 상황은 마무리될 것이다. '우울증'이라는 규정이 있고서야 나는 나의 아픔을 말할 수 있게 되었다.

이후로 나는 계속 규정을 찾아다녔다. 나는 매일매일 정신적으로 괴로운데, 이것은 무엇일까. 의존성 성격장애인가? 경계선 성격장애인가? 불안장애인가? 강박장애인가? 책을 찾아보며 사례와 증상을 볼 때마다 '이거 나인데?' 싶은 대목이 많았다. 상담선생님에게 "저는 이런 성격장애 아닐까요?" 하고 수시로 물어보았으나, 선생님은 "글쎄요. 딱히 그렇다고 하기엔 애매한데요"라며 정확하게 답해주지 않았고, 나는 답답하기만 했다.

혼란의 시간을 보내고서야 조금은 알겠다. 내 안에는 의존성 성격장애적인 성향도 다소 있고, 불안장애적인 성향도 다소 있고, 여러 성향이 복합적으로 있다. 특정병명으로 지칭할 만큼 강하지는 않지만, 부분부분 그러한 성향을 가지고 있다. 그리고 그러한 성향을 가지고 있다고 해서 성격장애로 규정지을 수는 없다. 누구나 다 복합적인 성향을 가지고 있으니까. 그것은 성향일 뿐이고 병리라고 할 수는 없다. 그러한 성향이 극단적으로 치달았을 때에만 병리라는 이름을 붙인다.

나는 쉽게 해결하고 싶었을 뿐이다. 어떻게든 나의 상태를 규정해야지만 내 스스로 생각할 필요가 없어지고, 사람들에게 나의 상태를 설명하기도 편해진다. 인터넷에서 MBTI나 '당신은 어떤 사람일까?' 류의 심리테스트가 인기를 끄는 이유도 같은 맥락일 것이다. 많은 사람이 자기 자신을 잘 모르고, 규정 안에서 편해지고 싶어 한다. 주관식 서술형 문제보다 명쾌한 사지선다 객관식에 익숙한 민족이라 그럴까. 하지만 그것은 진실이 아니다. 어떤 정교한 심리학 분류도 사람을 온전히 담아내지는 못한다. 한 사람은 한 사람일 뿐이다.

외부의 틀에 의존하여 나를 규정에 밀어 넣는 것이 아니라, 나를 기준으로 나의 카테고리를 만들어간다. 누군가의 칭찬으로 만들어지는 내가 아니라, 누군가의 평가로 규정되는 내가 아니라, 나의 기준으로 나를 만들어간다. 내가 글을 쓰는 과정은 그러한 맥락일 것이다. 글을 쓰며 나의 보이지 않던 부분들을 스스로 알아가는 과정. 서덕이라는 이름으로, 카피라이터라는 직책으로, 불안장애나 우울증 등 특정한 무언가로 규정된 이면에 있는 작고 꼬물거리는 감정들을 알아가는 과정.

'세상은 다 그런 거야'라고 말하는 이들에게 내가 겨우 할 수 있는 말은 '나는 그러하지 않아'다. 그들의 규정에 들어서지 않는 내 경험과 내 생각으로 겨우 저항한다.

더불어 나의 개인적인 경험을 일반화시키는 것을 스스로 경계한다. 내가 겪었던 몇 안 되는 경험으로 세상을 규정하려는 자세를 스스로 점검한다. 그저, '나는 이러했다. 당신은 어떠한가?' 정도로만 나는 간신히 말할 수 있다.

세상에 단호한 말은 너무나 많고 명쾌한 말들도 역시 많다. 그래서 섬세하고 사려 깊은 말을 바란다. 전체를 싸잡는 말보다 작고 약한 부분을 더듬는 말을 바란다. 상투적인 규정보다 두루뭉술하더라도 상처주지 않는 말들이 좋다. 물론, 내 스스로가 섬세하지 못하고 사려 깊지 못하여 나의 말과 글은 그러지 못하겠지만, 그렇게 되기 위해 노력한다. 그리고 무엇보다 나 스스로에게 사려 깊은 사람이 되기 위해 노력한다.

감정의 해부학 시간

사람의 유형은 적어도 60억 이상으로 나뉘겠지만, 그중에서도 마음 깊이 안타까운 부류가 감기-프렌들리 유형이다. 계절이 바뀌거나 계절이 절정에 달하거나 비가 오거나 날이 급변하거나 하면 바로 그분이 오는 사람. 거짓 약간 보태어 1년에 100일은 코찔찔이로 보내는 사람. 내가 그 사람이다.

체력과 면역력이 약한 탓도 있지만 더 큰 문제는 둔감함이다. 정확히 말하자면, 나의 몸은 민감한데 나의 정신이 둔감하다. 찬바람이 불면 몸은 삽시간에 반응하여 으슬으슬해지는데, 머리는 몸의 감각을 느끼지 못하고 방치하고 있다가 사달이 난다. 몸의 으슬으슬함을 느끼더라도 나는 내 감각을 의심한다. 컨디션이 안 좋은데 어제 잠을 못 자서 그런가? 회의가 지지부진해서 기분이 나빠서 그런가? 나이 탓인가? 그렇게 너절한 의심으로 몸의 감각을 그냥 지나치다 보면 감기는 세력을 키워 콧물과 기침을 발하고, 그제야 나는 깨닫는다. '아, 그게 감기였구나.'

감각뿐만 아니라 감정에 대해서도 나는 둔하다. 회사에 다닐 적에 나는 "어후, 짜증나"라는 말을 무시로 해댔다. 며칠째 새벽 세 시에 퇴근하는 상황인데 팀장이 욕심내어 또 일을 받아오면, 나는 반사적으로 얼굴을 찡그리고 "어후, 짜증나"라고 나직이 혼잣말하곤 했다. 그런데, 그게 정말 짜증이었을까.

틀린 말은 아니지만 표면적인 짜증 이면에는 많은 감정이 있었다. 많은 일로 인한 피로감, 팀원들 생각 않고 일을 계속 받는 팀장에 대한 서운함, 앞으로 쉼 없이 일해야 하는 일주일에 대한 압박감, 익숙하지 않은 건을 잘 해낼 수 있을까 하는 두려움 등 여러 감정들이 뒤엉켜 있었다. 그런데 나는 그 많은 감정들을 느끼지 못하고 단지 표면적인 짜증만을 느끼고 있었다. 정말이지 둔했다.

감각과 마찬가지로 나는 내 감정을 의심했다. 화가 끓어오르거나 하면, 자동적으로 생각이 의심으로 흐른다. 왜 화가 나지? 이 화는 정당한가? 약점을 찔려서 그저 민망한 거 아냐? 피곤해서 그런가? 나의 어떤 왜곡된 관념 때문인가? 왜 애먼 사람에게 화를 내려고 하지? 이 감정이 화가 맞아?

감정을 그대로 받아들이지 못하고 계속 의심하고 의심하다 보니 내 감정을 제대로 느낄 수가 없었다. 내가 나를 믿지 않아 그러했으리라. 나 자신의 판단을 믿지 못하고 나 자신의 감각을 믿지 못했으니.

감정을 표현하지 않으며 살다 보니 더욱 그러했을 것이다. 말로 감정을 내뱉지 않고 참기만 하다 보니 나의 촉은 더 무뎌졌을 것이다. 약간의 자기변호를 해본다면, 나는 언어라는 게 참 보잘것없다 여겼다. 나의 괴로운 감정을 말로 다 표현할 방법이 없었다.

친구에게 "나 정말 괴로워 미치겠어"라고 얘기한다고 해도 나의 괴로움은 제대로 전해지지 않는다. 주절주절 나의 괴로움을 얘기해보아도 말이 길어질수록 나의 괴로움은 하찮아진다. 나의 빈약한 표현력 때문이겠지만, 나의 감정은 별것 아닌 게 되어버린다. 상대는 '그게 왜? 남들도 다 그렇잖아'라고 답하고, 그렇게 나의 괴로운 감정은 더 초라해진다. 실제 내가 느끼는 감정은 훨씬 큰데. 나의 괴로움은 하나도 상대에게 전해지지 않았고, 나는 내 감정을 언어로 표현하는 것을 포기했다. 감정은 언어 너머의 것이라 생각했다. 표현의 포기는 이해의 포기였고, 이해를 포기하는 만큼 감정은 점점 더 이해할 수 없게 커져가고 있었다.

버려졌던 감정에 하나씩 이름을 붙여본다. 과거를 살피며 하나하나 기억들을 떠올려본다. 대부분 부정적인 기억이다. 그 기억의 감정을 되새겨보고 그 감정의 결을 살핀다. '그 인간 짜증나!'라고 말했던 기억 아래에 있는 서운함, 서운함이 반복되어 생긴 실망, 실망이 화로 바뀌는 순간, 화가 상대에 대한 부정적인 평가로 이어지는 순간. 감정의 결을 살펴 하나하나 이름을 붙여준다.

머리로만 생각하는 것이 아니라 글로도 옮겨 적어본

다. 감정의 해부학이라 할 수 있을까. 지나간 기억을 해부하여 당시의 내 마음을 돌이켜보는 것. 민감한 내 몸과 둔감한 내 머리의 거리를 좁혀가는 과정일 것이다. 나를 존중하고자 하면 먼저 나를 이해해야 하니까. 내가 나의 감정을 존중하기 전에 내가 어떤 감정을 가지고 있는지 알아야 하니까.

일상 속에서 의식적으로 감각과 감정을 느껴본다. 음식을 씹을 때 혀의 감각을 느껴보고, 바람이 뺨에 닿을 때의 감촉을 생각하고 느껴본다. 순간 감정이 올라오면 그 감정을 그대로 느끼려고 애쓴다. 화를 그저 화로, 슬픔을 그저 슬픔으로, 즐거움을 그저 즐거움으로 보도록 노력한다. 생각은 자동적으로 의심으로 흐른다. 그 흐름을 의식적으로 막고, 순간의 감각만 온전히 느끼려 노력한다. 감정들을 그대로 놔두고 나는 다만 바라본다. 의심과 생각을 덜어내고, 감각과 나의 거리를 좁혀본다.

완벽할 수 없는 일이다. 어제의 일을 돌이켜보면, 오늘은 이래서 그랬나 보다 하고 결론 내리다가도, 내일 다시 생각해보면 또 다른 생각이 든다. 마음은 계속 움직이고 언어는 내 감정을 정확히 담아내지 못한다. 완벽하게 이해하려는 강박을 내려놓고 그저 내 마음에 가깝게 표현해보려 노력한다. 조금씩 조금씩 감정의 단어로 나를 이해해가며 어제의 이해를 수정하고 다시 뒤집어서 정리하며, 조금씩 나는 나에 가까워진다. 머릿속에 흐릿하게 있던 감각과 감정들이 언어가 생김으로써 비로소 내 안에 정리가 된다. 뭣 모르던 상처들이 언어를 얻어서 비로소 그 의미를 찾는다. 물론 나의 언어가 보잘것없기에 그 감정과 상처들이 제대로 표현되지는 못하지만, 근사치에 가깝게 표현하려 노력한다. 상처들이 밖으로 나갈 숨구멍을 만들어준다.

시간이 흐르며 조금씩 변해감을 느낀다. 이를테면, 나는 내가 방치했던 으슬으슬함을 조금씩 이해해간다. 내 몸의 떨림과 미열을 이해하고, 그 감각이 느껴질 때 쌍화탕을 마시고 몸을 따뜻하게 해서 잔다. 으슬으슬함은 정말 감기 때문에 생긴 것일 수도 있고 아닐 수도 있다. 다만 으슬으슬함을 이해하고 그 감각을 존중함으로써 나는 그나마 감기에 덜 걸리게 된다.

감정에 대한 부분도 그러할 것이다. 훨씬 더 복잡하고

이해하기 어렵지만, 조금씩이나마 감정을 이해해가며 나는 나를 더 존중할 수 있을 것이다.

날것
그대로의 나

회사를 다니던 시절, 같은 팀에 동료가 새로 들어왔는데 정말 별로였다. 일 잘하고 성실한 친구였다. 성격은 유쾌해서 툭툭 던지는 농담으로 분위기를 밝게 만들어주었다. 하지만 감정의 기복이 심했고, 때로 과하게 짜증을 부리곤 했다. 무례하게 느껴질 정도였다. '이런 거 놓치시면 어떡해요?'라며 내가 정신없어서 놓친 것들을 매번 콕콕 집어 타박한다든가(아니, 상호체크하라고 둘이 있는 거잖아!) 혹은 '아 씨 짜증나!'라며 많은 사람들이 있는 가운데에서 대놓고 성질을 부린다든가. 이런 모습들이 무례해 보였고 나를 무시하는 것만 같았다. 함께 지내는 게 편하지 않았다.

그는 이상한 사람이었을까? 이상한 사람일수도 있고 아닐 수도 있으나, 그를 판단하는 것은 나의 몫이 아니고 내가 판단할 수 있는 것은 나의 마음뿐이다. 나는 그가 싫었고, 그가 싫었던 이유는 그의 모난 성격 때문이었다. 그런데 사실, 그 이유는 왜곡이었다. 그를 좋아하지 않았던 이유는 따로 있었는데, 당시의 나는 상대의 성격이 별로라고만 생각하고 있었다.

동료가 회의 시간에 가져오는 아이디어를 보며 "아, 좋네"라고 나는 말해주었지만, 내 입가에는 씁쓸함이 맴돌고 있었다. 나는 그 씁쓸함을 인지하지 못하고 있었다. 상사가 최종 아이디어를 점검하며 "이번 카피 좋네. 니가 썼어?"라고 물었을 때, "아니오, 그 친구가 썼습니다"라고 답을 할 때 나는 민망했고 상사는 안쓰러운 표정을 지었다. 그 민망함을 나는 외면했고, 다음 번 회의 때는 내 아이디어가 채택되어야 한다는 절박함이 가득했다.

질투였다. 질투한다는 감정을 받아들이지 못해서, 동료의 부분적인 행동을 나쁘게 생각하는 형태로 나의 감정을 왜곡하고 있었다. 그렇게 나는 나를 속였고, 나는 나에게 속아 넘어갔다.

객관적이고 공정한 '나'에 대한 판타지가 나를 속이고 있었다. 나는 객관적이고 공정한 사람이고, 질투 같은 저급한 마음을 용납할 수 없었다. 그래서 다른 이유를 가져다 붙이고 있었다. 내 안의 약하고 초라한 나, 내가 용납할 수 없는 나를 나는 감추고 있었다.

나를 하나의 학급이라고 보고 내 안의 '나들'을 학급의 학생들이라 한다면, 객관적이고 공정한 나는 일진이다. 『우리들의 일그러진 영웅』에서 반장 엄석대 같은 존재이다. 엄석대는 나쁜 나와 비겁한 나와 질투하는 나를 갈구고 한쪽에 보이지 않는 곳으로 치워버린다. 나는 나들의 움직임을 전혀 알지도 못한 채, 그저 내가 객관적이라고만 생각했다. 엄석대에 휘둘려서 다른 아이들을 보지 못했다. 그리고 내 안의 엄석대를 키워서 그 자리에 앉혀놓은 건 나 자신이다. 나는 옳은 사람이어야 한다는 강박이 엄석대를 내 안의 반장으로 만들었다.

그렇다고 해서 엄석대를 자르고 다른 누군가를 앞으로 세우는 것도 쉬운 일은 아니고 온당한 일도 아니다.

엄석대마저도 나의 부분이기 때문이다. 엄석대는 나의 마지막 자기방어 수단이었으리라. 일에 대한 자신감을 잃고, 나 자신이 보잘것없어서 미칠 것 같은데 거기에 질투라는 감정을 더하여 열등감을 더 자극할 수 없었을 것이다. 더불어서 상대를 성격이 나쁜 사람으로 만들고 나를 선한 피해자로 만들어서 나 스스로를 지켰을 것이다. 능력 있는 나를 잃더라도, 착한 나는 지켜내기 위해, 엄석대 제 나름대로 열심히 나를 지키려 애썼을 것이다.

그 옛적 엄석대를 바라본다. 그 주변부의 나약한 '나들'을 함께 꺼내어본다. 열등감, 질투심, 착한 아이 콤플렉스 등 찌질하다고밖에 할 수 없는 나의 부분들. 그 '나들'이 적절하게 자기주장을 하고 함께 살아갈 수 있도록 돌본다. 내가 온전히 옳은 사람이 아니란 것을 자각하고, 내 안에 모순된 여러 면모들을 인정한다. 그것이 내가 쉬며 할 수 있었던 몇 안 되는 소일거리다.

일이라고 해서 대단하게 무언가를 할 수 있는 것은 아니다. 과거의 감정을 더듬어 그 양상을 관찰하는 것이 고작이다. 내 감정의 흐름이 어떤 식으로 흘러가는지를 바라보고 그 감정의 기원을 찾아간다. 그렇게 실마리를 찾아가다 보면 어떤 나와 마주한다. 이를테면 질투심 가득한 열등감덩어리인 나와 객관적이고 착한 사람이고 싶은 나 따위이다. 그 '나들'에게 말을 건넨다. 고생 많구나, 나야. 힘들었구나, 나야. 나는 질투하고 있었구나. 그만큼 인정받고 싶었구나. 마지막까지 착한 사람이려 애쓰고 있었구나. 안 그래도 되었는데. 그렇게 불안했구나.

객관적이고 공정한 나는 판타지다. 주관적이고 미욱한 '나들'의 집합만이 있을 뿐이다. 대단하지 않은 나를 인정하고 있는 그대로 바라보는 것. 삭제되었던 나의 부분들을 복원하여 온전한 나를 찾아가는 것. 옳은 길인지는 모르겠으나, 진실된 길이다. 그 순수하되 순수하지 않은 '나들'을 찾아 시간을 보낸다.

아주 느리게,
아주 서서히

오래 쉬며 회사에서 쌓인 괴로움이 조금씩 씻겨나가자 나에 대한 물음이 생겼다.

'나는 왜 그랬을까?'

왜 그렇게 꾹 참고만 살았을까. 사회생활의 괴로움은 너나없이 똑같다. 누구나 자신의 일이 가장 고되고 버겁다. 하지만 괴로움에 대처하는 방법은 제각각이다. 나는 왜 코 꿰인 소처럼 버티기만 했을까. 남들은 적절히 조절해가며 자신을 잘 지키며 잘 살아가고 있는데. 나는 왜 그랬을까.

회사생활의 고단함, 혹은 상사의 성격 탓일수도 있다. 사회의 구조적인 문제일수도 있다. 하지만 그뿐만은 아니다. 같은 회사생활을 하면서도, 같은 상사 밑에 있으면서도 내가 유독 괴로운 탓은 그들 때문만이 아닐 것이다. 회사 상사의 완벽주의와 나의 바보같이 우직하기만 한 태도의 절묘한 조합이 나를 더 괴롭혔을 것이다. 나의 태도는 왜 그랬을까.

겉의 괴로움은 씻겨나가는데, 씻겨 내려가지 않는 감정들이 있다. 달리 말하자면, 겉의 괴로움이 씻겨 내려가고 나서야 그 안쪽의 괴로움이 보인다. 해묵은 감정들이다. 그리고 그 감정이 '나는 왜 그랬을까?'에 대한 대답이기도 하다. 회사에서 나의 행동방식은, 인간관계에서 나의 행동방식과 크게 다르지 않고, 유년시절 나의 행동방식과 다르지 않았다.

회사의 누군가는 나를 필경사 바틀비 같다고 했다. 앉아서 묵묵히 일만 하는 소설 속 인물 같다고 했다. 나의 연인은 가끔 나를 보며 로봇 같다 했다. 화낼 만한 상황에서도 감정을 드러내지 않고 참고만 있었기 때문이다.

어릴 적 나는 착한 아이라는 소리를 자주 들었다. 예나 지금이나 나는 묵묵하게, 감정을 드러내지 않고 맡은 역할에 충실한 사람이었다. 나는 늘 나의 자유의지대로 행동한다고 생각했지만, 나의 행동을 일관되게 지배하는 루틴이 있었고 일관된 감정의 흐름이 있었다.

묵은 감정을 해소하는 것은 둘째 치고, 그 감정과 마주하기도 쉽지 않았다. 무의식적으로 외면하던 감정이었으니까. 조건반사적인 나의 행동에서 감정들은 드문드문 드러날 듯 말 듯했다. 수영을 하며 힘을 빼자고 의식하면 오히려 힘이 들어가듯, 감정을 바라봐야겠다는 의식을 가지고 나를 바라봤을 때 나는 보이지 않았다.

애써 문제를 찾으려는 마음을 버리고 쉬었다. 마음을 다독이고 싶다는 마음마저 포기하고, 오래도록 나는 쉬었다. 오래도록 쌓인 마음의 괴로움을 한 번에 해소할 수 있는 방법은 없었다.

매주 했던 심리상담 역시 그러했다. 현재의 감정과 어릴 적 감정에 대해 종종 말하지만, 상담으로 모든 것을 단번에 해결할 수는 없다. 선생님과의 대화는 답이 아니다. 화두다. 의식의 흐름대로 서서히 흘러가다 보면 그

화두에 대한 내 안의 풍경들이 툭툭 튀어나왔다. 어? 내가 저 말에 이렇게 반응하고 있네? 예전에도 그랬었는데, 항상 그러고 있네? 나는 항상 이런 상황에서 불쾌해하네? 그 풍경들을 물끄러미 바라본다. 그리고 비슷했던 과거를 떠올려본다. '과거의 묵은 감정을 해결해야 해'라는 투의 강박적인 문제해결이 아니라, '그래서 그렇구나'라고 담담하게 내뱉어본다. 그 오래된 괴로움들 역시 천천히 씻겨 내려가리라 믿으며. 그저 계속 쭉 쉬었다.

지난한 과정이었다. 그리고 여전히 현재진행형이기도 하다. 한참을 쉬면 나아진 것 같다가도, 어느 순간에는 다시 괴롭다. 마음은 늘 뱅글뱅글 제자리를 도는 것 같았다. 오늘은 어제 같고, 어제는 오늘 같다. 하지만 훌쩍 시간이 지나 돌이켜보면 결코 제자리가 아니다. 과정은 모기향처럼 동글동글 이어지는 나선이었다. 빙빙 돌다가 뒤를 돌아보면 같은 풍경 같은 자리인 것 같지만, 나는 조금이나마 원래의 자리에서 멀어져 있다. 동글동글 나선처럼, 찬찬히 나는 움직이고 있었다.

부정할 수 없는 것

이십 대 중반쯤에, 러시아의 시골에서 서울대학교 학생들과 열흘 남짓 함께 지낸 적이 있었다. 그들은 방학 때 꾸려진 단기 해외봉사팀이었고, 나는 현지 자원활동가로서 그들의 코디네이터 역할을 했다. 지도교수를 제외하고는 나와 단원들이 전부 이십 대 초중반이라서, 분위기는 왁자지껄했다. 밴드 동아리의 보컬인 녀석은 아침부터 목을 푼답시고 뒷마당 너머의 숲에 대고 크게 고함을 질렀고(닭모이를 주던 옆집 아저씨는 수탉 같은 놈이라고 욕을 했다), 젊은 남녀들 사이에서는 분홍색 기류가 흘렀다. 무거운 것을 제가 들겠다며 나선다든가 망치를 부여잡고 힘을 자랑하는 남자아이들이 있었고, 여름밤 마당에서 달빛을 받으며 이야기를 속닥거리는 아이들이 있었다.

원칙적으로 단기봉사 활동 중에는 금주지만, 때때로 저녁에 맥주를 마셨다. 분위기는 흥겨웠고 나는 잠깐 밖에 나와 바람을 쐬며 팀에서 만형 노릇을 하는 녀석과 얘기를 나누었다.

"애들 재밌죠?"

녀석은 씨익 웃으며 말을 이었다.

"애들은 대학교 오기 전까지는 개성이 전혀 없던 애들이에요."

녀석의 말에 따르면, 서울대에 오는 녀석들은 고등학교 때까지 하나같이 똑같은 정체성을 가지고 있다. 고등학교 동창들은 후에 그를 기억할 때 '아, 그 공부 잘하는 애?'라고 떠올린다. 그들의 정체성은 공부로 규정된다. 서울대학교에 들어오고 나서야 그들은 '공부 잘하는 애'에서 해방이 된다. 다들 공부 잘하는 애밖에 없기 때문이다. 그때부터 그들의 개성이 드러나기 시작한다. 노래를 멋들어지게 부르는 애, 덕후 기질이 충만한 애, 꾸미는 걸 좋아하는 애, 금방 사랑에 빠지는 애, 삐딱한 애, 웃기는 애, 그늘진 애, 지질한 애 등등 그때부터 그들은 비로소 자신이 된다.

서울대생의 과거와 현재에 대한 얘기를 들으며, 나는 묘한 기시감을 느꼈다. 그때로부터 1년 전쯤 같은 공간에서 벌였던 술자리에서도 같은 화두를 두고 얘기하고 있었다. 과거와 현재의 정체성에 대한 이야기. 다만, 1년 전에는 서울대생이 아니라 내가 화두였다.

해외자원활동센터에 갓 도착을 해서 나는 동료와 술을 마셨다. 함께 반년 정도 같이 생활해야 하는 처지였고, 각자 자기소개나 하자며 술이 들어갔다. 한 잔, 두 잔, 술은 쌓여갔고 마음이 느슨해진 나는 내 얘기를 술술 늘어놓았다.

내 과거 이야기를 잠깐 하자면, 주변 사람들이 조금 많이 죽었다. 어머니, 아버지, 누나, 길러준 외할아버지, 외할머니 등 나의 탄생과 성장에 직접적으로 관여한 사람들은 아무도 남지 않았다. 그와 술을 마시던 시점에는 다른 사람들은 살아 있고 부모만 죽은 상황이었으나, 부모의 죽음도 나에게는 큰 트라우마였고, 나는 술기운에 그에게 그 과거에 대해 얘기했다. 그는 말을 듣다가, 나에게 되물었다.

"네 말은 너의 과거에 대한 얘기지, 네가 아니잖아. 그래서 너는 뭔데? 어떤 사람인데?"

그의 말에 나는 당황했다. '나는 누구지?' 곰곰이 생각해보니, 나는 나를 소개하는 이야기에서 내가 아닌 나의 과거를 얘기하고 있었다. 부모가 없는 아이, 외조부모 밑에서 자란 아이, 낡은 옷을 물려 입던 아이, 가정환경으로 장학금을 받은 아이. 결론적으로 불쌍한 아이. 내가 굉장히 싫어하는 나의 꼬리표였는데, 어느새 나는 그 환경을 나로 규정하고 있었다. 남이 판단하는 나의 과거, 그 과거에 내가 갇혀 있었다. 그래서 나는 나를 얘기하는 순간에(술이 있었기에 그런 말을 했겠지만) 나의 과거를 얘기했다. 하지만 그것이 나는 아니었다.

그렇다면 나는 뭘까. 과거의 내가 아닌 지금의 나는 무엇인가. 내가 좋아하고 싫어하는 것이 나를 규정하나? 혹은 지금의 관계나 환경이나 상황, 이를테면 지금의 소속이나 학력이 나를 의미하나? 나는 뭐지? 그때부터가 나의 시작이었다. 서울대학교 학생들이 고등학교를 졸업하며 스스로를 찾아갔듯이, 나는 과거의 나를 의식하며 '나는 무엇이지'라는 생각을 이어갔다. 그리고 사회생활을 하며 그 생각은 까맣게 잊은 채 일에 미쳐 있었고, 백수생활을 하며 그 생각은 다시 시작되었다. 나는 뭘까.

'과거의 속박에서 벗어난 나는 어떤 사람이지?'라는 고민은 '나는 무엇을 좋아하고 무엇을 싫어하는가?'라는 질문으로 이어졌다. 그리고 그 욕망이 온전한 나의 욕망인지 스스로에게 묻는다. 이를테면, 나는 글을 쓰고 싶어 한다. 표현은 온전한 나의 욕망일까. 아니다. 글을 쓰고 싶은 욕망은 나를 표현하여 누군가가 나를 알아주기를 바라는 마음이다. 누군가가 나를 알아주길 바라는 마음은 누구도 나를 알아주지 않는다는 잠재의식에서 출발한다. 성장과정에서의 결핍이 키운 욕망이다.

혹은 나는 마트에 가는 걸 좋아한다. 마트에서 한 짐 가득 물건을 사서 차의 트렁크에 싣는 느낌을 좋아한다. 그 느낌은 온전한 나의 욕망일까. 아니다. 없이 살았다고 생각하는 나의 결핍에서 비롯된 욕망이다. 어렸을 때부터 꿈꿨던 중산층의 판타지, 그것을 이미지화하면 마트에서 한가득 짐을 싣는 풍경이다.

이렇게 하나 둘씩 나의 욕망들을 훑어보고 나면, 내 욕망이라고 할 수 있는 건 먹고 자고 싸는 말초적인 욕망뿐이다. 남들과 마찬가지로 나는 성장하며 이리저리 뒤틀렸고, 그 뒤편에 있는 순수한 나는 희미하다. 혹은 동물적이다. 과거를 부정하면 할수록 나는 비어 있다. 과거에 얽매이지 않은 나를 찾고자 해보아도 나는 보이지 않았다.

아무리 생각해도 나는 텅 빈 것만 같았다. 그래서 그 텅 빈 나에 대해 다시 질문한다. 나는 왜 진짜 나를 찾고자 하는가? 왜 순수한 나에 집착하는가? 오로지 그때 그 술자리의 질문 때문이라고는 할 수 없다. 그것은 평소에 내가 품고 있던 마음을 환기시키는 단초에 불과하다.

원인을 찾기보다 마음의 양상을 따라가보자면, 나는 순수한 나를 찾아내어 나의 과거를 부정하고 싶어 한다. 나는 나의 과거를 부정적으로 여긴다. 나에게 있어 과거는 피하고 싶은, 구질구질한, 어두운 기억들이고 나는 그것을 늘 회피하고자 한다.

변호사 김원영이 쓴 『희망 대신 욕망』이란 책에 등장하는 화두 중에 '장애인이 장애를 극복할 수 있는가'라는 게 있었다. 장애인이 남들보다 수배의 노력을 하여 비장애인만큼, 혹은 비장애인을 넘어서는 성과를 낼 수도 있다. 하지만 그렇다고 해서 그가 장애인이라는 현실은 변하지 않는다. 비장애인에 준하는 무언가를 해낸다고 하더라도 그들의 장애는 고스란히 남아 있고 불편함은 그대로다. 책은 장애라는 정체성을 가진 채 사회의 일원이 되는 것에 대해 말한다. 장애를 부정하고 피하고 극복하는 것이 아니라, 장애를 있는 그대로 스스로가 품어내고 사회가 품어내야 한다고 주장한다. 내가 감히 장애인의 마음 씀을 공감한다고 단언할 수는 없으나, 그 마음 씀의 양상은 나도 비슷하다.

나는 나의 과거를 부정할 수 없다. 내가 아무리 과거를 싫어하고 피하고 싶어 해도 과거의 나는 그대로 과거의 나이다. 결핍으로 인해 비틀린 욕망 역시 나다. 그것을 비틀렸다고 지칭하는 것 자체가 이미 나의 과거를 어둡고 불편하게 여기는 것이다. 과거를 애써 부정하지 않고, 온전한 나의 일부분으로 바라보는 것. 그것밖에는 답이 없다. 과거를 품고 가되, 과거에 함몰되지 않고 계속 나아가는 것, 그것밖에는 방법이 없다. 나에게서 도망치려고 하면 할수록, 나는 나에 얽매인다. 지금 생각해보면 그때 그 동료의 말은 무례한 질문이었다. 나의 과거 말고, 진짜 내가 뭐냐니. 당시 나의 얘기는 과거에 얽매인 나를 드러내는 것이었고, 그 역시도 나였을 텐데.

트라우마를 벗어나는 방법은 트라우마를 부정하거나 회피하는 것이 아니다. 트라우마를 벗어나려고 해도 의지대로 트라우마에서 벗어날 수는 없다. 다만 그 트라우마를 똑바로 바라보고 그 녀석과 잘 지내는 방법을 생각한다. 서울대생들은 서울대에서 새로운 자신을 찾아가되, 과거의 자신을 완전히 부정하지 않는다. 그동안 쌓여 있던 과거의 자신을 그대로 받아들이는 가운데, 새로운 개성이 차곡차곡 쌓이고 빛난다. 다시 나를 바라본다. 내가 회피하고자 하는 과거의 기억들을 살펴본다. 과거의 나를 받아들이고 나서야, 그제서야 나는 시작되었다.

갇힌 것, 맺힌 것 그리고 풀어내는 것

사랑이란 단어를 말하면 입 안에서 까끌거리는 느낌이 든다. 누나라는 단어를 말하면 아래에서 뜨끈한 것이 올라온다. 가족이란 단어를 떠올리면 말라붙어 끈적한 무언가가 딸려오고, 희망이란 단어를 말하려 하면 목구멍이 간질거려 다시 안으로 들어가곤 한다.

이 단어들이 덜컥거리는 까닭은 단어에 딸려 있는 트라우마와 기억 때문이다. 엄마라는 단어를 내뱉기만 해도 수많은 감정이 피어올라 울컥하는 사람이 많듯, 나의 저 단어들에는 많은 감정이 뒤엉켜 있다. 남들이 상처를 품고 잘 살아가듯 나의 상처도 별것 아니라는 태도로 살아왔지만, 더 이상은 외면하지 않는다. 누구나 마음의 상처는 있지만, 나의 상처는 나 개인에게 있어 가장 큰 아픔이고 나의 중심이다.

힘든 단어들을 무겁게 내뱉어본다. 용기가 나지 않아 내밀한 공간에서 시작한다. 혼자 운전 중인 자동차라든가 해지는 바닷가라든가 혼자인 공간에서, 조그마하게 "누나"라고 내뱉는다. 누나라는 단어 뒤에 "미안하다"라는 말을 덧붙인다. 순간 아래에서 뜨끈한 것이 올라온다. 눈가가 촉촉해지고 눈알에는 핏발이 서고 얼굴이 뜨거워진다. 눈물이 흐른다. 몸의 반응을 억누르지 않고 그대로 둔다. 처음 입을 떼는 건 힘들지만, 한번 떼면 자꾸 말하고 싶어진다. 상담이라든가, 작은 술자리라든가, 글이라든가, 어디론가 조금씩 흘려보낸다. 뱉어내면서 뾰족했던 단어는 점점 둥글어진다. 눈물의 수위는 조금씩 낮아진다. 언젠가는 어제의 날씨를 말하듯 무심히 누나에 대해 얘기하는 날이 오리라 믿으며, 목에 쌓인 이물감을 받아들인다.

내뱉으며 느낀다. 누나가 죽은 지 십 년이 되었어도

나는 여전히 장례식 중이었다. 내 안의 감정시계 하나는 누나가 죽은 시점에서 멈춰 있었다. 누나는 여자였고 나는 남자였다. 누나는 고등학생 시절 성적이 좋았지만 제주도에 남았고, 나는 서울에 있는 대학교로 진학했다. 누나는 치매인 외할머니와 시각장애인인 외할아버지를 모시며 살았고, 나는 서울에서 술을 마셨다. 누나는 적은 월급을 쪼개어 나에게 돈을 부쳐주었고, 나는 술을 마셨다. 누나는 그렇게 살다가 갑자기 죽었다. 의사는 '심부정맥(의증)'이라고 서류의 사망원인항목을 채웠다.

누나의 돌연한 죽음은 내 탓이 아닐 수도 있으나, 누나가 살아간 궤적은 내 탓일 수 있다. 누나가 죽은 그 시점의 죄책감과 한스러움. 그것을 애써 회피하며 지내다 보니, 감정은 오래 묵어서 더 짙어지고 있었다. 기억은 흐릿해져도 감정은 간헐적으로 울컥거렸다. 이제 겨우, 감정들을 게워낸다. 누나가 생각이 날 때면 누나라는 단어를 뱉어낸다. 운다. 죄스럽고 한스러운 감정들을 흘려보낸다.

오래도록 계속 흘려보내다 보니, 빛바랜 추억들이 보이기 시작한다. 막혔던 수문이 열려 물이 쏟아지고 바닥이 드러나듯, 어두운 감정에 가려져 있던 누나의 다른 모습이 떠오른다. 어렸을 적 누나와 함께 손잡고 등교하며 깔깔댔던 기억이라든가, 누나와 함께 자우림이나 크랜베리스의 노래를 함께 들었던 기억, 야자와 아이와 천계영의 만화책을 돌려 보았던 기억 따위가 떠오른다. 어둠에 눌려 있던 작은 즐거움의 기억들이다. 그 소소한 기억들이 명징해질 때 비로소 장례식은 마무리될 것이다. 누나는 죽음으로 끝나서 내 안에 맺혀 있는 것이 아니라, 즐거웠던 기억 속에서 살아 움직일 것이다.

희망이란 단어를 입에 머금어본다. 내키지 않는다. 상투적인 단어다. 수많은 사람들이 입 안에서 씹어재껴 단물이 다 빠진 풍선껌 같은 단어다. 나는 『좋은 생각』 류의 '세상은 아름답고 희망은 곳곳에 있다'는 메시지를 좋아하지 않는다. 굳이 따지자면 나는 염세주의자에 가깝다. 어두운 쪽이 익숙하고 편하다. 나는 『까라마조프 가의 형제들』을 좋아하는데, 그 책은 사람 안의 감정과 생각의 괴로움을 지옥처럼 적나라하게 그려낸다. 나는 책에 나오는 정신병자 둘째, 사랑에 미친 첫째, 그리고 악의 축인 사생아를 좋아했다. 음습한 인간들은 생동감이 넘쳐 살아 있는 것만 같았고, 밝은 인물들은 밋밋하고 매력이 없었다.

희망이란 낯간지러운 단어를 뱉어내며, 찬찬히 살펴본다. 내 안에 혹시 희망을 담은 무언가가 있었는지. 내가 애써 회피하던 희망은 없었는지. 오래 들여다보니, 있다. 『까라마조프 가의 형제들』에도 있다. 나는 주인공의 멘토인 조시마 장로의 마지막 말을 좋아한다. 그는 제자인 까라마조프 가문의 셋째에게 요한복음 한 구절을 유언으로 남겼다. "한 알의 밀알이 땅에 떨어져 죽지 아니하면 한 알 그대로 있고 죽으면 많은 열매를 맺느니라." 나는 그 문장을 오래도록 기억하는데, 그 문장은 굉장히 희망적인 내용이다. 또한 나는 오래전 SK텔레콤의 '사람을 향합니다' 광고 캠페인을 좋아했다. 평범한 사람들 위로 슈퍼맨, 배트맨, 마루치아라치 등 슈퍼히어로의 이름이 나열되고, "우리는 모두 누군가의 영웅입니다"라는 카피로 마무리되는 광고. 그 광고를 수없이 돌려보며 많이 울었다. 그 역시도 희망이다.

찬찬히 나를 보기 시작하자, 내 안에는 희망이 있었다.

나는 거칠게 보았을 때 어둠을 좋아하는 것으로 보였으나, 어둠이 내 얘기 같아서 공감했을 따름이고 '어둠에도 불구하고 어떤 희망적인 것'을 좋아하고 있었다. 다만 그중에 희망을 미처 바라보지 않은 채 어둠만을 좋아한다고 생각하고 있었다.

염세주의자인 나를 다시 생각한다. 염세주의자는 마냥 부정적이고 허무한 사람이 아니다. 염세주의자는 자신의 꿈이 이루어질 수 없다는 걸 알고 체념한 사람이다. 그리고 이룰 수 없는 꿈을 꾸었다는 것은 다른 이들보다 큰 꿈을 꾸었다는 것이다. 그래서 어쩌면 세상에서 가장 큰 꿈을 꾸는 사람은 이상주의자가 아니라 염세주의자다. 내 안에는 희망이 없었던 게 아니다. 다만 몇 사람의 죽음과 여러 기억들로 인해 희망이 가져다주는 절망을 두려워하고 있었다. 결핍으로 인해 모호하기만 한 큰 꿈을 꾸었고, 익숙한 절망에 천착하고 있었다. 그 사이 어딘가에 분명, 희망이란 단어가 있다.

덜컥거리는 단어들을 입 안에서 굴리며 내 트라우마들과 마주한다. 단어들을 입에서 굴리며 조금씩 트라우마들을 흘려보내고 내 안에 반대되는 단어와 감정들을 늘려간다. 그것은 내 안에 있는 어둠을 몰아내는 작업이 아니다. 내 안에 있는 절망이나 비관이란 단어를 희망이나 긍정이란 단어로 대체하려는 것이 아니다. 절망과 함께 희망도 함께 품는 것이다. 나는 여전히 어둠에 끌리고, 더불어 어둠 속에서 피어나는 희망에 끌린다. 한쪽에 쏠려 있던 감정의 지도를 넓혀가며 균형을 찾아간다. 그렇게 나는 조금씩 넓어지고 있다.

구겨진 마음을 펴는 일

대학교 3학년 언젠가, 급한 연락을 받았다. 아버지가 위독하니 빨리 내려오라는 내용이었다. 아버지는 이미 한참 전부터 백혈병을 앓고 있었다. 오랜 시간 와병을 지켜보며 마음을 다졌던 터라, 발걸음은 다급해도 마음은 차분했다. 서울을 떠나 아버지가 입원한 울산의 병원으로 향하는 도중에 또 연락이 왔다. 이번엔 제주도 외할아버지의 전화였다. 그는 나에게 몇 가지 당부를 했다.

마음을 단단히 먹으라거나 너무 상심하지 말라는 얘기가 아니었다. "네 아버지에게 어디 돈 꾸어준 곳이 있는지 물어봐라. 혹시나 찾지 못할 곳에 돈을 숨겨놓진 않았는지 확인해라." 그다운 말이었다. 한 인간의 고통이나 존엄보다 물질이 중요하다는 태도. 중요한 것이라곤 오직 돈. 나는 그의 당부가 혐오스러웠다. 몇 시간 후 나는 울산의 병원에 도착했고, 아버지는 괴로움을 아슬아슬하게 견뎌내고 있었다. 나는 아버지에게 물었다. 어디 돈 꾸어준 곳이 있냐고. 아버지는 고통으로 잔뜩 구겨진 얼굴을 한 채 답했다. "그런 거 없다." 아버지는 다행히 위기를 넘겼고, 나는 내 스스로가 혐오스러웠다. 마음 한 군데가 구겨지는 느낌이었다.

외할아버지의 세계는 물질이었다. 그에게 있어 가장 중요한 것은 밥과 돈이었다. 밥과 돈은 삶을 영위하게 해주는 수단이다. 그의 물질적인 세계관의 기저에는 두려움이 깔려 있었는데, 추측컨대 그의 두려움의 형상은 굶주림이다. 그는 일제강점기에 태어나 유년시절을 보냈고, 부모 없는 고아여서 굶는 날이 많았다 한다. 그는 나에게 종종 배고팠던 유년시절에 대해 말해주곤 했다. 친구가 어딘가에서 밀가루를 훔쳐 와서, 함께 그것으로 무엇을 해먹을 수 있나 고민했단다. 국수를 만들어먹자고 합의한 그들은 깡통에 작게 구멍 몇 개를 뚫어서 밀가루 반죽을 밀어 넣었다. 국수면발처럼 반죽이 뽑혀 나오길 기대했지만, 밀가루반죽은 새똥처럼 비실비실 끊겨 나와서 당황했노라고 그는 웃으며 말했다.

그의 세계는 굶주림을 해결하기 위해 밀가루를 훔치는 세계. 그는 평생을 굶주림에 대한 두려움으로 살았던 것 같다. 죽기 몇 년 전에도 외할아버지는 전화로 굶주림과 관련된 얘기를 했다. "어젯밤 꿈에, 죽은 네 어미가 나와서 배고프다며 엉엉 울었다. 너는 네 어미의 제삿밥을 잘 챙기도록 해라." 꿈에서마저 그가 느끼는 고통의 형태는 굶주림이었다. 나는 외할아버지의 영향 아래 자라났고, 나는 죽어가는 아버지에게 돈 얘기를 꺼내는 사람이 되었다.

종종 물질을 위해 내 마음을 구겨야 하는 순간이 있었다. 중학생 무렵 언젠가, 담임선생님이 방과후에 남으라고 내게 말했다. 선생님은 나와 형편이 녹록치 않은 아이 몇 명을 지방 검찰청에 데려갔다. 새로 부임한 차장 검사가 우리를 기다리고 있었다. 그는 '소년이여, 야망을 가져라'라는 부류의 멋지고 훌륭한 이야기를 해주고서는 학용품이며 신발 따위를 선물로 주었다. 그리고 너무 당연하게 기념사진을 찍었다. 우리는 멋쩍게 웃었고 그는 이빨을 활짝 드러내어 표정을 만들었다. 우리는 신발과 학용품이 잘 보이게 고쳐들었다.

신발과 학용품과 이빨은 나의 위치의 확인. 받는 사람, 도움 받아야 할 사람, 약자, 사회지도층의 자선활동 사진을 위한 들러리. 우리에게 필요한 것은 선물이 잘 보이도록 고쳐드는 서비스 정신. 사진을 찍고 싶지 않았다. 선물을 받고 싶지 않았다. 받으면 지는 것만 같았다. 하지만, 받았다. 그때 이후로도 계속 받았다. 기초생활수급자로 선정된 후, 명절마다 쌀과 김을 보내주면 받았다. 가난증명서류를 떼어다 장학금을 신청하여 받았다. 그때마다 마음 한편이 구겨지는 느낌이었지만, 받았다. 할아버지의 세계처럼, 나의 세계도 물질이 중요했다. 가난뱅이의 수치스러움과 무력감은 논외의 사항이었다.

김훈의 산문을 읽고 있으면 종종 할아버지의 세계관과 비슷한 풍경이 보인다. 그는 글에서 한국전쟁으로 인해 부산으로 피난 갔던 유년시절에 대해 말한다. 어렸던 그는 미군을 따라다니며 초콜릿을 달라고 소리쳤다. 미군은 그런 소년들을 귀찮은 파리를 대하듯 쫓아내거나, 저 멀리로 초콜릿을 던져 아이들이 우왕좌왕 뛰어다니도록 희롱했다. 그는 미군들의 행동을 힐난하고 자신의 과거를 긍정한다. 먹는 것은 엄중하며 신성하고, 먹고살고자 하는 모든 행위는 생의 정당한 모습이다. 뛰어다니며 초콜릿을 줍던 그의 행동은 생명이 약동하는 순간이다. 내가 김훈의 글에 끌렸던 까닭은, 아름다운 문체뿐만이 아니라 물질적 세계관에 대한 긍정 때문일 것이다. 수치와 무력감과 모멸감의 세계였던 물질의 세계를 긍정함으로써 초라한 나를 긍정해주어 더 와닿았을 것이다.

하지만 그것이 어쩔 수 없는 것이라고 마냥 긍정하더라도 남은 마음은 어쩔 것인가. 행위를 긍정해도 부끄러운 마음은 사라지지 않는다. '돈이 중요한 것이지, 돈을 벌다가 생기는 스트레스와 모멸감은 하찮은 것이야'라고만 생각하고 계속 일을 하다 보면 상처 입은 마음은 방치된다. 내가 소처럼 일했던 까닭은 먹고사는 것에 대한 두려움 때문이었을 것이고, 일하며 괴로웠던 까닭은 그로 인한 마음의 구겨짐을 방치했기 때문일 것이다. 월급이

들어오는 25일에는 기분이 나아지는 것 같아도, 마음의 스크래치는 여전했다. '괜찮아. 괜찮아. 당연한 거야'라고 긍정만 하다 보면 괜찮지 않은 마음은 계속 쌓였다.

사실 진작에 나는 외할아버지의 세계에서 벗어날 수 있었다. 할아버지의 세계는 굶주림의 세계였지만, 그것은 옛날 얘기다. 나는 더 이상 기초생활수급자가 아니고, 나는 더 이상 어린이가 아니다. 내 한 몸 건사할 만큼의 연봉을 받았고, 스스로 운신할 수 있을 만큼 몸에는 근육이 붙어 있다. 세상은 달라졌고, 편의점 알바를 하든 전단지를 돌리든 마냥 백수든 최소한의 삶은 살아갈 수 있다. 무엇을 해도 먹고살 수는 있다. 나는 다만 내 안에 있는 외할아버지의 세계관에 갇혀 있었을 뿐이다. 지금 나에게는 없는, 굶주림에 대한 두려움. 그 유산을 상속받았을 뿐이다. 불안은 몸에 박힌 습관이고, 불안은 나의 행동을 지배하는 관성이다(물론 우리시대에 보편적으로 자리매김한 탈락에 대한 두려움 역시 내 안에 깃들어 있을 것이다. 나는 개인적 기억에 의존해 시대적 압박을 외면하고 있을지도 모른다).

나는 내 안의 외할아버지의 세계관과 마주함으로써 이제 겨우 그 세계에서 벗어난다. 감정으로만 느끼던 마음속 덜컥거림의 근원을 찾고서, 조금씩 그것과 나를 분리한다. 먹고사는 것에 대한 불안, 그것에서 겨우 벗어나 나의 즐거움을 향해 간다. 외할아버지의 세계를 완전히 버릴 수는 없다. 그 불안 덕분에 여태 나는 살아갈 수 있었고, 그 불안이 나를 혼자서 자립할 수 있도록 토대를 만들어주었기 때문이다.

하지만 나는 그 세계에서만 살아가지 않는다. 내 안의 외할아버지를 토닥이고, 나의 세계를 늘린다. '어떻게 살아야 먹고 살 수 있는가'가 아닌, '어떻게 살아야 나 스스로를 존중하며 살아갈 수 있는가'에 대한 고민. 물적인 토대를 쌓는 것에 집착하는 것이 아닌, 물적인 토대 위에서 어떻게 나의 즐거움을 쌓아갈 것인가에 대한 고민. 그렇게 나의 세계는 조금씩 변해간다. '먹고사는 것보다 중요한 건 아무것도 없어'가 아니라, '먹고사는 것만큼이나 내 마음은 중요해'라는 마음. 그렇게 나는 내 안의 외할아버지에게 안녕을 고한다. 그 외할아버지로 인해 여태 살아남았고, 여태 고통스러웠다. 그다음은 나를 채워갈 차례다.

세상에
망친 인생은 없다

"어쩌면 좋냐. 쟤 인생 조졌네."

내 친구 아무개는 인생 조졌다는 말을 습관처럼 내뱉는다. 강력범죄의 피해자가 된 어린이라든가, 시험에 여러 번 실패했다든가, 사업이 무너졌다든가, 회사에서 잘렸다든가, 어떤 문제에 대한 뉴스나 소문을 들었을 때 그는 추임새처럼 "쟤 인생 조졌네"라고 말한다. 나는 그 말이 싫어서 들을 때마다 퉁명스럽게 대꾸한다.

"야, 세상에 조진 인생이 어디 있냐."

내가 '걔 인생 조졌네'라는 말을 싫어하는 까닭은 그

말이 옳지 않기 때문이다. 과거의 사건 하나로 한 사람을 규정하고 이후의 인생을 여생으로 규정하는 태도를 나는 온당치 못하다 여긴다. 그리고 이 이유는 표면적인 논리이다. 진정 그 말을 싫어하는 까닭은, 내가 내 인생을 망칠까 봐 늘 두려워하며 살기 때문이다. 녀석의 그 말이 나의 두려움을 상기시키기 때문이다. 사실, 나는 쫄보다.

인생을 망친다는 것은 어떤 의미일까. 사람마다 저마다의 두려움이 있을 것이고, 그 두려움의 풍경은 각기 다를 것이다. 내 두려움의 모습은 혼자 있는 방과 같다. 캄캄하고 좁은 방에 혼자 갇혀 있는 느낌. 모든 어두운 상상의 끝은 버려져서 홀로 남겨지는 것이다. 그리고 나는 자주 최악의 경우를 상상하곤 한다. 회사에서 나는 열심히 일했고 능력을 인정받기 위해 애썼는데, 이는 버려질까 봐 두려웠기 때문이다. 인정받고 싶다는 마음도 컸지만, 그에 못지않게 버려질까 두려웠던 마음이 컸다. 해고를 당한다는 것도 막막하지만, 그보다도 사람들에게서 쓸모없는 사람이라 평가를 받고서 소외되는 느낌이 두려웠다.

버려지는 두려움은 인간관계에서도 나의 행동을 지배했다. 이를테면, 연인과 밥 한 끼를 먹을 때도 그러했다.

"밥 뭐 먹을까요?"

연인이 물어보면, 나는 답한다.

"순댓국 좋아한댔죠? 백암순댓국 먹으러 갈까요?"

언제나 나의 취향보다 상대의 취향이 먼저였다. 나는 아무래도 상관없었다. 하지만 가끔, 연인은 순댓국이 당기지 않는다고 말한다. 나는 살짝 당황하다가 미리 준비했던 두 번째 대안을 말한다.

"아니면, 저번에 가보고 싶다 했던 라멘집 갈까요?"

언제든 연인을 만날 때면 나는 상대가 무얼 좋아할지 생각해서 적절한 대안 두세 가지를 준비한다. 준비하는 과정은 피곤하지만, 준비하지 않았을 때 마주칠 나의 당황과 연인의 탐탁지 않은 표정을 보기가 두려워서 나는 늘 상대의 취향을 생각한다. '이 사람은 무엇을 하면 즐거워할까. 어떤 영화를 보면 즐거워할까. 어디로 가는 걸 좋아할까. 어떤 분위기의 카페를 좋아할까.' 그 선택의 기준에 나는 없었다. 나의 즐거움은 온전히 상대에게 달려 있었다. 상대의 표정을 살피고, 표정이 흔들리면 전전

궁궁했다. 표정이 약간만 좋지 않아도, 나는 불안했다. 나에 대한 마음이 변했으면 어떡하나. 지난주에 사랑한다는 말을 들었어도, 그 마음은 지난주의 마음이니까. 이번 주에 연인의 마음이 변하였을까 봐 두려웠다.

그 두려움의 연원을 찾아본다. '나는 왜 이렇게 버려질까 두려워하나'가 아니라, '나는 언제 그렇게 두려웠는가'로부터 출발한다.

아주 어렸을 때부터 나는 그러했다. 여섯 살 때부터 외갓집에서 자랐는데, 그때부터 나는 외할아버지 외할머니의 말씀을 충실히 새겨듣는 아이였다. 초등학교 학기 성적표에 적힌 말마따나 '늘 성실하고 모범적인 학생'이었다. 최근까지의 회사생활과 인간관계의 패턴과 다르지 않다. 그리고 그때의 두려움 역시 동일했다. 버려질까 봐 두려웠다.

외갓집은 단 한 번도 내 집이란 생각이 들지 않았다. 늘 얹혀사는 느낌이었다. 아무리 어른들이 잘해줘도 그곳은 나의 집이 아닌 것만 같았다. 부모의 부재에서부터 시작된 것이리라. 부모가 사라졌다는 황망함. 버려졌다는 느낌. 외갓집에서도 얼마든지 버려질 수 있다는 불길함. 그들의 기대에 부응하지 못하면 나는 버려질 것만 같았다. 그래서 착한 아이라는 생존전략을 펼쳤을 것이다. 의식하지 않았더라도, 자연스레 그러했을 것이다. 그리고 여전히 그 모습 그대로, 나는 몸만 커져버린 채 아이와 다르지 않은 행동 패턴을 보인다.

물론, 단지 과거 때문만은 아닐 것이다. 세상에는 착한 아이 콤플렉스를 가진 사람들이 많다. 그들은 저마다 다른 두려움들을 가지고 있고, 혹은 두려움의 기억이 없을 수도 있다. 이 시대의 훈육법, 혹은 이 시대의 분위기, 혹은 이 시대의 무언가가 공통적으로 작용했을 수도 있다. 다만, 나는 나의 기억에서부터 나를 이해하려 한다. 옳은 해석을 찾는 것이 아니라, 나를 위한 해석을 찾는 것일 따름이다.

버려질까 봐 두려워하는 어린아이에게 말을 건넨다. '버려진다고 인생이 망하지 않아. 상황을 봐. 너는 회사를 그만뒀어. 그것을 버려졌다는 것으로 표현할 수 있을 수 있지만, 버려졌다고 해서 지금 인생이 망하지 않았잖아. 백수지만 나름 잘 살아가고 있잖아. 회사생활에서 너는 패배했을지도 모르지만, 지금 너는 망하지 않았잖아. 누나가 떠났지만, 너는 너의 삶을 살고 있잖아. 부모가 없어도 너는 꿋꿋이 살아내고 있잖아. 버려지는 게 인생의 끝이 아니야. 버려져도 버려진 대로 살아갈 수 있어.' 스스로에게 말을 건넨다.

버려질까 봐 두려워하는 어린아이를 행동으로 아낀다. 이제껏 버려지며 살아왔을 수도 있고 앞으로 더욱 더 버려질 수도 있지만, 적어도 나에겐 내가 있다. 내가 나를 버리지 않으면 된다. 그동안은 내가 나를 방치해둔 채 지내왔지만, 이제서라도 나를 아끼기 시작한다. 몸을 움직이는 즐거움을 새기고, 밥을 짓고 일상을 영위하는 즐거움을 새기고, 멍하니 쉬는 즐거움을 새긴다. 오랜 시간 단련된 우울과 불안은 힘이 세서 한 순간에 뿌리 뽑을 수 없다. 오랜 시간 쌓여온 마음의 습관 때문에 나는 행복이 오면 불편하고, 우울하고 불안할 때 오히려 마음이 편하다. 그 불편한 행복이 편안해지려면, 하루이틀에 될 일이 아니다. 차곡차곡 즐거움을 쌓아가며, 차곡차곡 나를 아끼며 행동으로 말한다. 나는 나를 버리지 않는다고. 계속 반복한다.

언젠가 김훈의 『연필로 쓰기』라는 책을 읽으며 한 대목에서 울었다. "강물이 만나서 더 큰 물을 이루어 앞으로 나아가는 풍경은 소멸함으로써 신생하는 미래의 소망으로 인간의 마음을 설레게 하고, 그 설렘 속에서 강물은 새로운 시간을 향해 흐르는데……"라는 구절이었다. 슬픈 구절도 아니고 감동적인 구절도 아니었지만 나는 아이처럼 꺽꺽 울었다. 간절히 내가 듣고 싶었던 말이었다. 나를 위로하고 무장해제하는 말이었다.

소멸이 소멸로 끝나는 것이 아니라 소망으로, 새로운 시간으로 이어진다고 하는 것. 내가 과거의 나로 끝나지 않고, 계속 끝없이 이어진다고 하는 것. 부모의 부재와 누나의 소멸이 끝이 아니라고 하는 것. 버려짐으로 인생이 종결되는 것이 아니라 그 이후에도 새로운 시간을 향해 흐른다는 것. 여전히 일주일에 몇 번씩 과거에 대한 우울과 미래에 대한 불안이 엄습하는 나에게 있어, 저 구절은 희망에 대한 이야기이다.

삶은 규정될 수 없다. 나는 과거의 어떤 사건으로 규정되어서는 안 된다. 나의 남은 생은 여생이 아니다. 삶은 계속된다. 과거에 어떤 부침이 있었다고 할 때 그 과거를 없던 것으로 할 수는 없지만, 그 과거를 품고 살아 갈 수는 있다. 사람은 과거에서만 살아가지 않는다. 과거에서 현재로, 현재에서 미래로 내 인생은 계속된다. 과거를 흘려보내고, 오늘을 단단하게 다져서, 나는 새로운 시간을 향해 간다. 조진 인생은 없다. 망친 인생은 없다. 내 인생도, 다른 인생도.

안녕,
나의 부분들

●
○

납골당은 항상 서늘하다. 장소의 특성상 온도와 습도를 적절하게 조절하는 것일 테지만, 한 여름의 에어컨 없는 영세 납골당 역시 서늘하기는 매한가지다. 위치 때문일까. 꽤 많은 납골당은 도시가 끝나고 숲이 시작되는 지점 사이에 있다. 도시 변두리의 아파트와 빌라들을 벗어나 숲길 쪽으로 조금 더 들어가면 화장터가 있고 납골당이 붙어 있다. 서늘할 수밖에 없는 위치다. 나는 그 서늘함이 고인뿐만 아니라 방문객에게도 적절하다고 생각한다. 그 서늘함으로 인해 사람의 온기는 주변으로 퍼져나가지 않고 온전히 제 안으로 갈무리된다. 그곳에서 사람은 저마다 한 사람이다. 그 온도는 한 사람이 가진 슬픔이 온전히 한 사람이 감당해야 할 슬픔이라 알려주는 듯하다.

간혹 서늘함을 뚫고 터져 나오는 뜨거운 소리가 있다. 곡소리이거나 원망의 소리, 한이 맺힌 소리, 종교인들의 기도 소리, "하라버지 안냐세요"라며 떠드는 아이의 안부인사 따위이다. 공간이 고요하여 소리는 건물 전체로 울린다.

재밌는 사실은, 납골당에서 소리는 단 하나만 들린다는 점이다. 나는 제법 여러 지역의 납골당을 자주 방문했는데, 두 개의 목소리가 터지는 상황을 마주친 적이 없다. 모셔진 고인이 못해도 수백 이상인 데다가, 납골당을 방문하는 무리가 둘, 셋, 넷 겹칠 경우도 많지만 늘 하나의 목소리만 존재한다. 암묵적인 배려이리라. 그곳에선 서로의 슬픔을 존중하여 침범하지 않는다. 누군가의 서러운 목소리에 대해 자신의 슬픔으로 끼어들거나, 참견하여 위로하려 하는 일이 그곳에선 없다. 그곳은 저마다의 슬픔을 가지고 오는 곳. 오로지 한 사람이 자신의 슬픔을 감내하는 곳. 간혹 몇 사람의 말이 오고 가는 경우가 있으나, 한 사람의 죽음에 대한 한 무리의 말이니 그 소리는 하나라고 할 법하다.

소주 한 병과 커피 한 잔, 데미소다 한 캔을 사들고 납골당으로 향한다. 각각 아버지와 어머니와 누나가 좋아하던 음료이다. 입구에 들어서니 인기척이 들려 나는 건물 밖을 거닐며 담배를 몇 대 태운다. 언제 와도 납골당 주변에는 까마귀들이 날아다니고 풀이 무성하다. 이윽고 사람이 나오자 나는 익숙한 걸음으로 안으로 들어가 나의 자리를 찾아간다. 고요하고 서늘한 공간으로 가서 사진에다 대고 말을 건넨다. 안녕한지. 잘 지내는지.

말을 잇는다. 나는 안녕하지 못했는데, 요새는 안녕하다 전한다. 죽은 이들의 뼛가루에 대고 절을 한다. 무릎과 손바닥이 서늘하다. 잠시 몸을 수그리고, 일어서서 사진을 한 번 쓰다듬고, 열어놓은 데미소다를 한 모금 마시고, 소주를 한 잔 마신다. 살짝 웃어준다. 이제는 내 걱정하지 않아도 되겠다 말을 하고, 일어선다. 풀어놓은 감정을 갈무리하고 나간다. 수풀에 들고 온 음료들을 흩뿌린다. 누군가가 들어온다. 나는 그를 없는 사람인 것처럼 지나치고, 그도 나를 없는 사람처럼 지나친다.

나의 목소리는 이제 서늘함을 뚫고 나가지 않는다. 예전처럼 허물어져서 어떻게 살아야 하는지 대답 없는 질문을 하지 않는다. 예전엔 자주 가위에 눌렸는데, 이제는 아주 드물게 눌린다. 슬픔이 흩어져간다는 것에 안타까운 마음도 든다. 내가 내 슬픔을 온전히 바라보지 못했던 것은 그것이 두려워서기도 하겠지만, 그 슬픔을 계속 가지고 싶었기 때문일지도 모른다. 누군가 보듬어주기를 바라는 마음에, 계속 그 슬픔을 그러쥐고 있었을지도 모른다. 아이처럼 사랑받고 싶고 관심받고 싶어서 여전히 슬픈 아이인 채로 있었을 것이다.

하지만, 그 아이는 누군가가 돌보아줄 수 있는 아이가 아니다. 납골당처럼 오직 혼자서 감당해야 하는, 혼자서 풀어내야 하는 과제이다. 마음속의 그 아이를 떠나보내고 함께 묶여 있던 그들을 떠나보낸다. 겨우 어른을 향해 가며, 죽은 그들에게 이별을 고한다. 안녕.

2부

아무 계획 없이,

그냥
나를
위해서만

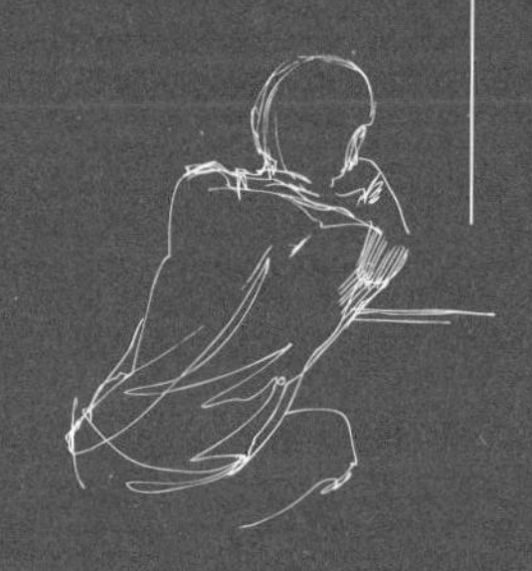

,

시간을 흘려보낸다.
아무것도 하지 않는다.
목적 없이 쉰다.

해야 하는 것 대신
하고 싶은 것만 한다.
완벽하게 하는 것이 아니라
즐거울 만큼만 한다.

훌륭한 사람이 되지는 않지만,
덜 아픈 사람이 되어간다.

마음의 샤워

●
○

용마산을 걷는다. '오르다'보다 '걷다'라는 단어가 어울리는 야트막한 산이지만 마냥 쉽지만은 않다. 회사 책상에 앉거나 침대에 눕는 것에 오래 길들여진 몸이라서, 걷는 행위를 몸은 낯설어한다. 산의 입구에 자리 잡은 체육공원을 지나자 길은 수평에서 수직에 가깝게 높아지고 몸은 무거워진다.

경사로에 들어선 지 5분도 되지 않았는데 숨이 가쁘고 허벅지가 무겁다. 호흡을 가다듬으며 발을 내딛는다. 딛을 만한 바위나 계단을 살펴 왼발을 내밀고, 내민 왼발에 무게를 실어서 오른발을 올린다. 수년 동안 먹고 마시며 붙은 살덩이를 양쪽 허벅지가 번갈아가며 밀어 올린다. 한 발 한 발이 고되다. 정자가 보이자 냉큼 앉아 쉰다. 배낭에서 물을 꺼내 마신다. 물을 입에 흘려 넣자 식도가 열려서 벌컥벌컥 물이 들어가고 장기의 위치를 따라 차가움이 밀려든다. 거칠던 숨이 이내 일정해진다.

일어나 다시 걷자 역시나 이곳저곳이 아프다. 배낭의 무게에 눌리는 어깨, 살덩이와 배낭을 밀어 올리는 허벅지, 불규칙한 흙과 돌에 간접적으로 부딪치는 발바닥, 가쁜 호흡. 몸의 감각들이다. 누군가가 얘기했다. 몸의 중심은 심장이나 뇌가 아닌, 아픈 곳이라고. 손톱이 아프면 손톱에 온 신경이 쏠리고, 위가 쓰리면 위의 통증만 명징하게 느껴지듯이. 용마산을 걸으며 나의 중심이 몸의 구석구석으로 움직인다. 복잡한 생각들은 흩어지고 몸의 감각이 진해진다.

회사를 그만두고 한동안 누워 있었다. 불안을 억누르며 먹고 자고 쌌다. 뭐든 생산적인 행동을 해야 할 것 같아 나는 계속 안절부절못했고, 불안한 나에게 나는 계속 말을 건넸다. 아무것도 하지 않아도 괜찮아. 당분간은 그냥 짐승처럼 지내도 좋아. 진짜 하고 싶은 게 생길 때까지 그대로 있어.

밥을 지어먹고 설거지를 하고 배변을 하며 시간을 흘려보냈다. 누웠다가 일어나 밥을 먹고, 다시 누워서 TV를 보고, 눌린 팔이 저리면 반대로 누워 다시 TV를 보았다. 무기력하게 며칠을 누워 있다 보니 신선한 공기와 바람이 그리워졌고, 그 마음을 따라서 걸었다. 용마산을 걷고 중랑천을 걸었다.

평일 대낮에도 걷거나 뛰는 사람들이 많았다. 저들은 뭐하는 사람들일까. 나 같은 백수일까. 나 같은 백수는 상상도 못 할 대단한 사람일까. 이를테면 건물주랄지. 이를테면 간첩이랄지. 걷다 보면 잡생각은 늘어가고 시선은 흩어진다. 몇 평 단위로 구획이 나뉜 주말농장에 시선이 머물렀다가, 물속을 유심히 살피는 철새들에 눈이 간다. 꽤나 많은 저마다의 삶이 있고, 나는 노래를 들으며 길을 걷는다. 몇 분 뛴 덕분에 발바닥이 아프다.

툭툭 걷는다. 이어폰에서 흘러나오는 노래박자에 맞춰서 왼발 앞으로, 오른발 앞으로. 슬슬 나아가자 발바닥의 감촉이 느껴진다. 땅을 디딜 때마다 바닥으로부터 약한 통증이 올라온다. 툭툭 앞으로 걷는다. 바람을 맞는다. 피부에 서늘한 감촉이 스친다. 고개를 앞으로 향한다. 넓은 하늘을 본다. 테헤란로 빌딩들 사이의 좁은 하늘 말고, 면목동 골목길 사이의 가느다란 하늘 말고, 대책 없이 큰 하늘을 본다. 하늘 아래 있는 나를 본다. 발바닥이 거기 있었구나. 어깨가 거기에 붙어 있었구나. 허리 근육이 이렇게 돌아가고 있었구나.

계속 걷는다. 걷다 보면 기억과 감정이 절로 피어오른다. 중랑천 흐르는 물에서 제주도의 바다가 연상되고 제주도에서 죽은 누나가 연상된다거나, 시들은 들풀에서 괴로움이 떠오르고 회사에서 나를 괴롭게 했던 상사의 기억이 불쑥 떠오른다. 그대로 감정의 흐름을 따라 걷는다. 홀로 밤거리를 걸으며 울기도 하고, 아무도 없으면 욕지거리를 하기도 하고, 가끔 히죽거리기도 하며, 계속 걷는다.

움직이다 보면 생각은 줄어들고 감각이 늘어난다. 과거의 기억이 피어올랐다가, 피어오른 과거가 흘러간 자리에 용마산과 중랑천의 풍경이 자리잡는다. 풍경이 눈에 들어오고, 풍경에서 옛 기억이 떠오르고, 옛 기억이 흘러가면 다시 풍경으로. 그렇게 조금씩 맑아져간다. 마종기의 시 「물빛」을 떠올린다.

내가 죽어서 물이 된다는 것을 생각하면 가끔 쓸쓸해집니다. 산골짝 도랑물에 섞여 흘러내릴 때, 그 작은 물소리를 들으면서 누가 내 목소리를 알아들을까요. 냇물에 섞인 나는 물이 되었다고 해도 처음에는 깨끗하지 않겠지요. 흐르면서 또 흐르면서, 생전에 지은 죄를 조금씩 씻어내고, 생전에 맺혀 있던 여한도 씻어내고, 외로웠던 저녁, 슬펐던 앙금들을 한 개씩 씻어내다 보면, 결국에는 욕심다 벗은 깨끗한 물이 될까요. 정말 깨끗한 물이 될 수 있다면 그때는 내가 당신을 부르겠습니다. 당신은 그 물 속에 당신을 비춰 보여주세요. 내 목소리를 귀담아 들어주세요. 나는 허황스러운 몸짓을 털어버리고 웃으면서, 당신과 오래 같이 살고 싶었다고 고백하겠습니다. 당신은 그제서야 처음으로 내 온몸과 마음을 함께 가지게 될 것입니다. 누가 누구를 송두리째 가진다는 뜻을 알 것 같습니까. 부디 당신은 그 물을 떠서 손도 씻고 목도 축이세요.

당신의 피곤했던 한 세월의 목마름도 조금은 가셔지겠지요. 그러면 나는 당신의 몸 안에서 당신이 될 것입니다. 그리고 나는 내가 죽어서 물이 된 것이 전연 쓸쓸한 일이 아닌 것을 비로소 알게 될 것입니다.

마종기의 시처럼, 걸으며 서서히 속이 씻겨 내려가는 것을 느낀다. 언젠가 친구 녀석도 그러했다. 녀석은 헤어진 연인을 찾아갔다가, 보고 싶지 않다는 그녀의 메시지를 받고서 한참을 걸었다. 목동에서 여의도로 걷고, 신촌을 지나 종로, 대학로까지 걸었다. 이유를 묻자, 그렇게 걸어야만 했다고 한다. 그렇게 걷고만 싶었다고 한다. 추억을 발로 밟아서 지우려고 했던 걸까. 마음에 쌓인 감정을 씻어내고 싶었던 걸까.

이후로 나는 계속 걸었다. 서울에서 출발하여 서해안을 따라 이십 일 정도를 걸었다. 해지는 풍경을 보며 걷고 싶었다. 서쪽 바다를 끼고 걸으면 매일 노을을 볼 수 있을 것이라 기대했다. 다녀오고 난 뒤 사람들은 무엇이 인상 깊었느냐고, 무엇을 얻었느냐고 내게 물었다. 나는 답을 머뭇거렸다. 대단한 깨달음이 없었기 때문이다. 그저 힘들었다. 느낀 것은 고작, 몸에 쌓이는 둔탁한 피로. 쌩쌩 달리는 트럭이 옆을 스칠 듯 지나갈 때의 긴장. 불빛 하나 없는 캄캄한 시골길을 걷는 두려움. 오늘 밤은 어디서 자야 하나 하는 불안. 캄캄한 숲길을 지나 고개를 넘자 저 멀리 보이는 도시의 불빛. 저 곳에는 잘 곳이 있겠구나 하는 안도감.

그렇게 하루하루 눈앞의 감각을 마주했다. 과거에 대한 회한과 미래에 대한 불안은 드문드문 피어올랐고, 툭툭 걷는 몸의 리듬에 휩쓸려 회한과 불안은 쪼개어져 흩어졌다. 이런 얘기를 주절주절하기 애매해서, 나는 사람들에게 그저 개고생이었다고 대답했다.

애초에 무엇을 깨닫기 위한 걸음이 아니었다. 걷기를 바랐고, 그 막막함과 고됨을 원했고, 그 막막함과 고됨을 얻었을 따름이다. 고작 이십 일 정도 걷는다고 무슨 큰 깨달음을 얻을 수 있을까. 더 걸어야 한다. 계속, 오래, 꾸준히. 힘들 때마다. 그렇게 몸 안에 둔탁한 감각을 쌓고 계속 감정들을 흘려보낸다.

더 오래 계속 걷고서야 비로소 나는 말할 수 있게 되

었다. 이십 일 정도로는 전혀 몰랐지만, 계속 걷다 보니 불편한 감정들이 아주 서서히 씻겨 내려간다고. 감각으로 생각을 씻어내고, 현재로 과거를 씻어낸다고. 걷기는 마음의 샤워라 할 만하다. 매일매일 씻어야 악취가 나지 않듯, 묵은 때를 밀듯 계속 걷는다. 계속 씻는다.

나만의 풍력발전소

때때로 나는 바람을 쐬러 여행을 떠난다. 주로 혼자다. 뚜렷한 목적지를 잡지 않고, 슬렁슬렁 나갔다가 슬렁슬렁 돌아온다. '어디를' 가고 싶기보다는, 어디를 '가고' 싶은 마음이다. 가고 있다는 느낌을 받고 싶어 마음 가는 대로 차를 몬다.

별것도 아닌 곳을 혼자 다녀오면 무슨 재미냐고 누군가는 말하지만, 뭘 모르는 얘기다. 만일 당신과 강화도로 떠난다면, 그것은 강화도 여행이 아니다. 당신과의 여행이다. 여행 중에 내가 보는 것은 당신이다. 모래에 새겨진 당신의 발자국, 갈매기를 바라보는 당신의 시선, 노을빛이 가닿은 당신의 얼굴과 맛없는 음식에 찡그리는 당신의 미간을 나는 본다. 혼자서 떠나야지만 나는 비로소 풍경을 본다. 젖은 모래와 갯벌, 갈매기의 궤적, 노을에 물든 바다와 길거리 튀김의 묵은 냄새. 혼자일 때 보이는 풍경이 있고, 혼자이기에 알 수 있는 나의 감각이 있다.

혼자인 나는 창문을 끝까지 열고 음악 볼륨을 최대로 높인다. 차가 속도를 내면 창문으로 쏟아지는 바람이 거세진다. 머리카락이 흩날릴 만큼 거센 바람에, 생각들은 흩어지고 감각만 남는다. 달리다 보면 때로 내 앞으로 길게 뻗어서 지평선에 가닿는 도로를 마주한다. 길이 끝나는 지점부터 터무니없이 넓은 하늘이 펼쳐진다. 그 풍경이 주는 개방감과 후련함을 나는 좋아한다.

가끔은 터널을 지나친다. 창을 닫지 않고 터널에 들어서면, 어둠 속에 맴돌던 소음들이 차 안으로 스며든다. 사이렌 소리며 차의 소음들이며 음악 소리며 사람 소리며 여러 소리가 터널 안에서 이리저리 부딪치며 둥글어지고, 내 차의 음악 소리와 뒤섞였다가 다시 터널로 퍼져서 오래도록 맴돈다. 그 혼곤함을 나는 좋아한다. 나는 거친 음악을 더 거칠게 따라 부르며 터널에 소리를 보탠다. 누군가와 함께하기에는 남사스러운 행동이다. 동행자가 있으면 나는 창문을 올리고 대중적인 음악을 틀고 볼륨을 낮추고 상대와 이런저런 얘기를 나눈다. 그리고 목적지로 가는 길을 계속 살핀다. 동행자와의 길은 출발지와 도착점 사이의 선이다. 혼자 달릴 때 비로소 길은 그 자체가 목적이 된다.

길을 가며 내 안의 힘이 서서히 기지개를 켜는 걸 느낀다. 새삼 나의 충전방식은 친환경시스템임을 깨닫는다. 바삭바삭한 햇빛이 피부에 닿으면 몸과 마음이 따뜻해진다. 태양열 충전방식이다. 시원하고 거센 바람이 피부에 닿으면 상쾌해진다. 풍력 발전방식이다. 물 냄새와 파도 소리와 수면 위로 반짝이는 윤슬에 뭉근한 힘이 솟아오른다. 조력 발전방식이다. 혼자 여행하며, 온갖 자연을 맞이하며, 조금씩 차오르는 힘을 느낀다. 어른들은 이를 두고 '자연의 기를 받는다'라는 고색창연한 표현을 하지만은, 차마 그 말은 하지 말기로 하자.

큰 길 몇 줄기를 지나고 좁은 길 여러 줄기를 지나면 강화도 동막해변에 다다른다. 해지는 풍경을 조용히 볼 수 있는 곳을 찾아 차를 대고 자리를 잡는다. 노을을 싫어하는 사람이 있을까. 남들이 그러하듯, 나 역시 좋아한다. 특히 바다로 저무는 해를 좋아한다. 내가 좋아하는 바람과 햇빛과 바다가 한 곳에서 어우러진다. 각각일 때는 힘찬 응원가 같다가, 한데 모여 바다노을이 되면 서정적인 노래 같다.

저녁 태양이 수평선 아래로 내려가서 아무것도 남지 않게 되면, 본격적인 관람의 시작이다. 하늘이 붉게 물들고 바다는 더 붉어진다. 하늘에는 어둠이 스며드는데 바다는 끝까지 빛을 붙들고 있다가 한 순간에 놓아버린다. 그 와중에 감정들이 어쩔 줄 모르고 풀려난다. 붉은 빛이 바다로 스며들 듯, 수많은 기억과 감정들로 마음이 젖어든다. 후회며, 서러움이며, 슬픔이며, 괴로움이며, 그리움이며, 쪽팔림이며, 즐거움이며, 오만감정들로 뭉클해진다. 나는 잔뜩 감상에 젖어 눈시울이 붉어지거나 슬며시 웃거나 낄낄거린다. 나의 감정들과 조금 더 가까워진다.

바다가 캄캄해지면 배들이 불을 켠다. 나는 마음의 문을 다시 닫는다. 돌아갈 시간이다. 나는 일어난 감정들을 갈무리하고 집으로 향한다.

길게 써놓았지만, 거칠게 요약하자면 '바람을 쐬고 오면 참 좋더라' 정도의 상투적인 얘기일 것이다. 그 상투성의 힘을 생각한다. '바람을 쐬다'라는 단어를 사전에서 찾아보면, 관용어로서 '기분 전환을 위해 바깥이나 딴 곳을 거닐거나 다니다'라고 정의되어 있다. 관용어. 흔하디흔한 상투적인 말. 수많은 사람들이 쓰면서 모두가 그 뜻을 직관적으로 알고 있는 말. '바람을 쐬다'는 관용어가 되기까지 사람들의 마음을 수없이 채우고, 기분을 전환시켰을 것이다. 그 상투성에 기대어 나를 채운다. 바람을 쐬어 내 안의 감각과 기분을 채운다.

제대로 울 줄 아는 사람

●
○

계단을 오르다 발을 헛디뎠다. 품에 안았던 그릇들이 바닥에 떨어졌다. 다행히 그릇은 깨지지 않았지만, 나의 표정은 일그러졌다.

"씨발! 왜 되는 일이 하나도 없는 거야!"

고래고래 소리를 지르는데 목소리가 살짝 젖어 있었다. 혼자 있는 방에서 엉엉 흐느꼈다. 절망적이었다. 모든 게 엉망진창이었다. 쉬고 또 쉬며 마음이 평안해진 듯했지만, 사실 달라진 건 없었다. 직업은 없고, 수입도 없고, 회사에서 도망쳤고, 사람들에게서 멀어지고 있었다. 제대로 되는 게 하나도 없는 것만 같았고 나는 모든 게 서러웠다.

시간이 지나가고 울음은 잦아들었다. 울음이 잦아들며 묘한 안도감이 들었다. 모든 게 엉망진창은 아니었다. 절망적인 가운데 다행이다 싶은 부분이 있었다. 나는 울 수 있게 되었다. 좋은 징조이다. 나에게 있어 울음은 거대한 진보이다.

그동안 나는 제대로 울 줄도 몰랐다. 눈물을 보이는 사람은 성숙하지 못한 사람이라 여겼고, 상황을 이성적으로 해결하려는 의지 없이 나약한 모습을 드러내어 남을 불편하게 만든다고 생각했다. 그래서 남 앞에서 울 수 없었고, 나 홀로 방구석에 있을 때도 그러했다. 때때로 눈시울이 붉어져 눈물이 맺힐 때, 나는 나약한 나를 비웃었다. 눈물을 흘리는 이유는 뭐냐. 너는 너 자신에게도 동정을 구하려 하냐. 방구석에서 가련한 주인공인 척 구는 거냐. 스스로 감상에 빠져 있냐. 어른이 아이를 훈계하듯, 반 친구를 조롱하듯 스스로를 다그쳤다. 그러면 눈물은 쏙 들어가고 자학만이 남았다.

나는 감정을 잘 갈무리하여 눈물을 흘리지 않는 성숙

한 사람이고 싶었으나, 눈물을 참는 행위는 성숙한 것이 아니다. 성숙해 보이는 것일 뿐이다. 나약한 부분을 감추는 것일 뿐이다.

오래도록 쉬며 마음의 여유가 생기고 스스로를 돌아볼 여지가 생기자, 조금씩 눈물이 나왔다. 겨우 나의 나약함을 드러낼 힘이 생겼다. 사람들 앞에서 대놓고 울지는 못하지만, 혼자 있을 때 꽤나 자주 울었다. 삼십여 년간 제대로 울지 못하면서 쌓여 있던 눈물일 것이다. 아이가 걸음마를 익히듯 우는 법을 다시 익힌다. 시원하게 울어서 날선 마음을 누그러뜨린다. 새삼 눈물은 마음이 행하는 응급조치라고 느낀다.

눈물 흘리는 순간을 해부하듯 복기해보면 많은 것을 알게 된다. 의식 아래에 숨겨져 있던 감정들이 눈물을 통해 수면 위로 올라온다. 감정의 구조신호라고도 할 법하다. 내가 어떤 감정에서 울음이 터졌는지 찬찬히 살펴보면 내 스스로 모르고 있던 나의 감정선이 보이고, 나의 약한 부분들을 깨닫는다.

이를테면, 그릇을 떨어뜨렸을 때 나의 울음은 어떠한

가. 오롯이 그릇 탓은 아닐 것이다. 사소한 것마저도 내 뜻대로 되지 않는다는 자괴감이다. 뒤집어보면, 나는 사소하지 않은 것들이 뜻대로 되지 않는다고 여기고 있다.

멋대로 범주를 나눠보자면, 회사생활에서 실패했다고 여기는 마음이 30퍼센트쯤, 인간관계가 마음대로 되지 않는다는 스트레스도 30퍼센트쯤, 그리고 유년시절부터 쌓였던 우울이 39퍼센트쯤. 이미 가득 찬 마음이 그릇을 떨구어 생긴 1%의 짜증으로 넘쳐서 흘러나왔을 것이다. 나는 백수생활을 즐기며 평안하고 즐겁다고 스스로 여기고 있었으나, 여전히 다독이지 못한 자괴감과 우울감이 쌓여 있었다. 눈물을 통해 나의 그 마음들을 바라본다.

한번 울음이 터지기 시작하니 사소한 것에도 툭툭 울음이 터졌다. 언젠가 '너 참 잘 살고 있어'라는 누군가의 말에 엉엉 울었다. 처음 그 말을 들었을 때에는 그저 그런 지나가는 말이라 생각하여 흘려들었으나, 며칠이 지나고서 홀로 있을 때 문득 그 말이 생각났고, 울음이 터졌다. 나는 몰랐지만, 내가 정말 듣고 싶었던 말이었다. 위로와 응원이 간절했다. 회사를 그만두고서 백수생활을 즐긴다고 호기롭게 말하고 다녔으나, 내가 가고 있는 길이 맞는지 늘 불안했다. 잘못된 길을 가고 있는 건 아닐까 우물쭈물 하던 차에, 작은 위로의 말이 나의 약한 부분을 건드렸다.

나의 감정을 안다고 해서 달라지는 것이 있냐고 누군가 물어본다면, 달라지는 건 없다. 다시 같은 상황이 찾아오면, 눈물은 또다시 흐른다. 다만, 눈물은 시작일 수 있다. 모든 문제 해결을 위해서는 문제가 무엇인지 알아야 한다. 눈물을 바라봄으로써 나는 내 마음의 약한 부분을 깨닫고 내 마음의 문제를 찾는다. 눈물이 답이 될 수는 없으나 답을 찾는 시작이 될 수 있다. 적어도 나는 그러했다.

1990년대 제주도 소년들의 눈물을 생각한다. 당시 제주도 소년들에게 눈물은 나약함의 상징이었다. 육지 소년들의 싸움에서는 코피가 먼저 난 쪽이 지는 것이지만, 섬 소년들의 싸움에서는 먼저 우는 쪽이 패배자였다. 나는 싸우기도 전에 감정이 격해져 엉엉 울며 달려드는 타입이었고, 수많은 패배를 자동적립하곤 했다. 패배를 거듭하며 중학교를 졸업할 무렵에는 제법 눈물을 감출 줄 아는 어른으로 성장했는데, 그것이 성장이었을까. 나는 '질질 짜는 등신'에서는 벗어났지만, '제대로 울 줄도 모르는 등신'이 되어 있었다. 이제, 다시 질질 짜는 등신으로 돌아간다. 그리고 그 눈물의 원인을 찾아 하나하나 짚어간다. 그것이 성장이라 믿는다.

위하여, 나를 위하여

'위하여'라는 말은, 술자리에서 종종 들을 수 있는 말이다. 연말에 어느 골목의 갈빗집에서 술잔을 기울이고 있으면, 저편 어딘가에서 가열찬 '위하여!' 소리가 들려온다. 십중팔구는 같은 회사의 점퍼를 걸쳤거나 양복차림이다. 소리가 터지고 나면, 약간의 정적이 흐른 후 왁자지껄한 다른 소리들이 퍼진다. 뒤엉킨 소리들은 뭉개져서 소음이 되지만 결 하나하나에 자세히 귀 기울이면 각기 삶에 대한 이야기이다. 한 해를 되짚어보거나 새로운 해를 기약하거나 부동산 정보들을 교환하거나 남편이나 아내를 헐뜯거나 직장상사를 흉보거나 온갖 살아가는 소리이다. '위하여'라는 소리에서부터 많은 이야기가 시작된다.

'위하여'라는 말은, 술자리에서만 활용되는 말은 아니다. 삶의 많은 부분이 '위하여'로부터 시작된다. 예를 들어보자. 토끼 같은 자식을 위하여 일을 한다. 부모님을 위하여 공부를 한다. 그녀를 위하여 선물을 찾아다닌다. 일을 잘하기 위하여 야근을 한다. 부하직원을 위하여 희생한다. 회사를 위하여 헌신한다. 돈을 벌기 위하여 주식을 한다. 더 나은 내가 되기 위하여 자기계발한다. 계속하면 예시 문장을 열 페이지쯤 늘어놓을 듯하여, 여기까지만 예를 들도록 하자.

'위하여'는 무서운 말이다. 쉼마저도 오염시켜버린다. 우리는 어느 순간 쉼이란 말 대신 재충전이란 단어를 사용한다. 재충전은 더 나은 일을 하기 위함이다. 일을 하기 위한 에너지가 떨어졌으니 다시 에너지를 채운다는 의미이다. 용도로서의 휴식이다. 쉼이 아니라 2보 전진을 위한 1보 후퇴다. 결국 쉼은 일의 연장이 되어버린다.

백수의 시간을 보내며 나는 내 안에 뿌리박힌 '위하

여'에 저항하고 싶었다. 아무것도 하지 않은 적이 언제였을까. 무언가를 위해서가 아니라 그저 흘려보냈던 시간이 얼마나 되었나. 허송세월. 목적 없는 쉼. 그것이 내 백수생활의 마음가짐이었다.

결론적으로, 나는 실패했다. 쉼은 그냥 쉼이 아니라 어느 순간 나를 위한 쉼으로 흘러갔다. 아무것도 하지 않는다고 하지만 정말 아무것도 하지 않을 수 있을까. 무언가는 하고 있다. 내가 원하는 음식을 먹고 원하는 게임을 하고 원하는 책을 읽고 원하는 시간에 잔다. 그 중심에는 나의 감정이 있고 나의 욕망이 있다. 그것은 실패이지만 실패는 아니었다. 덕분에 나는 많이 좋아졌으니까. 쉼의 본질은 나를 위함이라는 걸 깨달았으니까.

'위하여'를 다시 생각한다. 많은 '위하여'는 '나를 위하여'에서 출발한다. 나의 성공을 위하여 취업을 하고 나의 행복을 위하여 결혼을 하고 나의 성장을 위하여 노력을 한다. 그런데 '위하여'를 몇 단계 거치다 보니, 수단이 목적이 되어버린다. 회사를 다니는 것은 나를 위함인데, 어느 순간 그 마음을 잊고서 눈앞에 보이는 일에 미치고,

일의 해결을 위하여 모든 것을 쏟아내버리고, 그러다가 정말 미쳐버리고.

쉬며, 다시 생각했다. 나의 1순위는 나라는 거. 세상이 나를 부품으로 쓰고 버리더라도, 누군가가 나를 감정의 쓰레기통으로 삼더라도, 남이 나를 수단으로 쓸지라도, 나는 나를 위하여 사는 것임을 잊지 말지고. 내가 내가 아니고 무언가를 위한 수단이 되어버릴 때, 수단으로서 그 수단을 달성하기 위해 미치는 것이 아니라, 나를 위한 시간을 반드시 만들어주자고. 그것이 쉼이 알려준 가르침 중 하나였다.

자유형만 석 달 반

백수생활에 적응이 되다 보니 슬슬 좀이 쑤셔왔다. 표현을 달리하면, 내 안에 '하고 싶다'가 올라왔다. 오래 쉬다 보니 해야 하는 것 말고, 하고 싶은 것들이 조금씩 생겨났다. 내가 하고 싶은 것들의 목록을 적어보니, 첫 번째 자리에 수영이 있다. 가까운 구립체육센터에 등록하고 수영복, 수영모자, 수경 등을 샀다. 수영을 배우려 한다고 친구에게 얘기하자, 친구는 되물었다.

"제주도 사람이 어떻게 수영을 못할 수가 있어?"

촌스러운 서울사람의 편견이다. 섬사람들은 죄다 해

녀 DNA를 가진 반인반어라고 생각하는 걸까. 바다사람이 아니라 섬사람인데. 제주도에도 YMCA어린이 수영단이 있고, 그곳에서 수영을 배운 애들이나 물에서 자유롭다. 나는 YMCA에 등록할 형편이 되지 않았고 여태 물을 겁내왔다. 어렸을 적 제주도에서 못 푼 한을 서울에서 푼다. 나는 당차게 체육센터로 향했다.

강습 첫날, 선생님은 나에게 한 달 내로 자유형을 마스터하게 해주겠노라고 선언했다. 선생님의 떡 벌어진 어깨와 부리부리한 눈은 그의 호언장담에 신뢰를 더해주었다. 그래, 한 달이면 충분하겠지. 성인용 풀장을 보니 아주머니들이 줄지어서 이쪽부터 저쪽까지 왕복하고 있다. 나의 시작은 비록 어린이용 풀장이지만, 그 끝은 저 아주머니 무리이리라. 나는 발장구를 치며 완전히 달라질 나를 상상했다.

하지만, 선생님도 나도 내 몸을 얕보고 있었다. 허리를 굽혀 손을 뻗는 유연성 테스트에서 늘 −10센티미터 이하를 기록하는 뻣뻣한 몸이다. 두 달이 다 되도록 나는 킥판을 잡고 있었다. 선생님은 "남자가 근육량이 많아서 물에 뜨기 어려워요"라고 위로해주지만, 척 봐도 빈 말이다. 같이 배우던 아주머니들이 쭉쭉 중급반으로 넘어가는데, 나는 내내 초급반에 있었다.

조급해졌다. 유튜브에서 수영강습 영상들을 찾아봤다. 목표를 정하고 계획을 세웠다. '2주 안에, 레일 끝까지 안 쉬고 가보자', '이번 주 안에 배영 발차기를 마스터하자', '이번 달까지 평형 자세를 잡자' 등등. 늘 그렇듯, 계획이 계획대로 될 리 없다. 어제보다 오늘 퇴보한 느낌이 들고, 귀찮아서 안 가는 날도 생겨났다. 억지로 의무감에 가는 날이 많아졌다. 그렇게 띄엄띄엄 가다가 "에이씨. 귀찮아. 안 가"라는 말이 튀어나왔다.

계획이란 녀석이 개입하면서 '하고 싶다'가 '해야 한다'가 되어버렸다. 그리고 무언가를 하지 못하면 내가 나 자신을 채찍질하고 괴롭힌다. 오래된 나의 마음 흐름이다. 무슨 일을 해도 늘 같은 패턴으로 마음은 움직인다. 안 되겠다 싶어서, 그냥 쉬었다. 오래오래 쉬었다.

계속 쉬다 보니, 몸이 다시 근질근질해졌다. 물에 둥둥 떠 있는 즐거움, 내 팔다리를 동력 삼아 나아가는 느낌이 그리웠다. 아무것도 하지 않다 보니 잃어버린 '하고 싶다'가 복원된다. 다시 수영장에 나가며 스스로를 다독였다. 경쟁하려 하지 말자고. 남들을 보며 자괴감에 빠지지 말자고. 온전히 내 팔다리 휘젓는 것만 생각하자고.

꾸준히 하다 보니 어떻게든 되긴 되었다. 언젠가 25미터 레일을 자유형으로 한 번에 가게 되었다. 콧노래를 부르며 집으로 들어갔다. 집에 도착해서 박수를 쳤다. 나에게 바치는 칭찬이다. 텅 빈 방에서 홀로 박수를 치면 고양이가 한심한 눈빛으로 쳐다본다. 하지만 꼭 필요한 행동이다. 작은 일이나마 성취감을 느끼고, 그 느낌을 충분히 받아들이는 행동이 필요했다. 예전에는 하지 못했던 일이다. 무언가를 이루고 뿌듯한 감정이 올라와도, 스스로 억눌렀다. "그 정도로 만족해서 되겠어?"라고 되뇌었다. 칭찬을 받아도 "그냥 지나가는 말이야"라고 스스로를 단속했다. 예전엔 그랬지만, 이제는 다르다.

수영을 배우며 조금씩 내 안의 완벽주의가 옅어지는 것이 느껴졌다. 예전의 나는 완벽주의자였다. 남들은 잘 모를 것이다. 나의 꾸밈새나 행동이나 업무 결과물은 완벽하지 않았으니까. 완벽하게 무언가를 해내서 완벽주의자가 아니다. 완벽에 대한 의지를 불태우기보단, 완벽하지 못한 나를 부끄러워하고 타박하기에 완벽주의자다.

상상 속의 완벽한 나의 모습과 비루한 나의 현실을 비교하며 스스로를 갉아먹는, 그렇게 되먹지 못한 완벽주의자다. 그래서 나는 나의 부족한 부분을 감추려고만 했다. 이를테면, 나는 사람들 앞에서 절대 춤추지 않는다. 춤을 아주 못 추기 때문이다. 리듬에 맞게 몸을 움직이면 그게 춤이지만은, 나는 완벽하지 못한 나를 보이기가 부끄러웠다.

수영장에서 나는 완벽하지 못한 모습을 드러내야만 했다. 외양부터 그러하다. 나는 홀딱 벗고 나의 부끄러운 뱃살을 드러낸다. 어지간해서 남에게 보이기 싫은 부분이다. 준비운동을 하며 배가 드러날 때 힘을 빡 주어 배를 숨겨보지만, 옆구리에 톡 튀어나오는 살덩이는 어쩔 수가 없다. 허우적대는 나의 모습도 적나라하게 드러난다. 2미터쯤 가다 보면 바닥을 향해 사선으로 돌진하는 나의 모습이라든가, 5미터쯤 갔다가 힘들어서 2미터쯤 걸었다 가기를 반복하는 나의 빈약한 체력이 드러난다. 하지만, 부족한 나의 모습이 보여도 아무 일도 일어나지 않았다. 아니, 일이 일어나긴 했다. 선생님의 한숨이 늘었다. 그 정도야 감내할 수 있다.

완벽하지 않은 모습을 보이기에, 나는 조금씩 나아질 수 있었다. 이를테면, 나는 이제 물에 뜬다. 물에 뜨는 게 대단한 일은 아니다. 하지만 나의 모든 순간을 대단한 것으로 채워놓으려는 자세는 나를 좀먹는다. 조금씩 조금씩 생활에서부터 계획을 내려놓고, 완벽을 내려놓고, 다만 내가 하고 싶은 것을 하는 즐거움을 찾아간다. 훌륭한 사람이 되어가는 건 아니지만, 덜 아픈 사람이 되어간다.

하고 싶은 일을 하는 와중에 간간히 무언가가 되기도 한다. 물에 뜬다든가, 용마산에서 노을 보기 좋은 장소를 찾아낸다든가. 돼지볶음밥 마스터가 된다든가.

여유의 농도가 다른 시간

어느 화요일 오후였다. 창문을 지나 거실 모퉁이까지 햇살이 내리쬐고, 그 언저리에서 고양이는 잠이 들었다. 나는 고양이가 깨지 않도록 살금살금 걸어서 커피를 타고 소파에 자리잡았다. 하루키 에세이를 보다가 고양이를 보다가 창문을 열어 바람을 맞아보았다. 이 순간에만 누릴 수 있는 여유다.

회사를 다니는 이들도 주말이나 휴가를 이용해 집에서 여유를 즐길 수 있겠지만, 미안하게도 백수의 시간 동안 내가 느낀 여유는 수준이 다르다. 과거 회사 다닐 적의 주말을 떠올려본다. 여유로움이 간절하여 주말에 아무것도 하지 않는 날이 많았지만, 그 여유로움은 뭐랄까, 집약적이었다. 목이 말라 포카리스웨트를 벌컥벌컥 들이마시듯이, '나는 쉬어야 돼, 쉬어야 돼'라고 되뇌며 살기 위해 맹렬하게 쉬었다.

백수의 시간은 여유의 농도가 다르다. 시간이 부드럽게 흘러간다. 어제도 할 일이 없었고 내일도 급한 일이 없는 가운데, 여러 번 우려낸 티백 둥굴레차 같은 일상. 회사와 연봉과 안정된 미래를 포기하고, 겨우 얻어낸 화요일 오후다.

창문 틈으로 바람이 새어들었다. 외할머니가 좋아하던 바람이다. 그녀는 알력방(아래쪽방) 창문을 좋아했다. 창틀에 걸터앉아 "바람이 콸콸 쏟아진다"며 나에게 말하곤 했다. 어렸던 나는 그 콸콸을 전혀 느끼지 못했으나 이제 겨우 창가의 바람을 느낀다. 심심할 대로 심심해서 이 방 저 방을 서성이다가 또 심심해서 밖을 보다가 그렇게 며칠이고 심심하다가, 문득 창문의 볕을 느끼고 바람을 느꼈다. 제주도 바람처럼 콸콸은 아니지만, 졸졸 수준은 된다.

나는 무료함을 사랑한다. 무의미하게 흘러가는 시간들을 사랑한다. 무의미하게 흘러가는 시간 속에 스쳐 지나가는 감각과 감정들을 사랑한다. 사랑이란 단어를 그렇게 어렵게만 여기다가, 이런 보잘것없는 감정에 선불리 갖다 붙이는 게 우습기도 하지만, 우스우면 우스운 대로 무료함은 정말 사랑스러운 감정이다. 무료함 속에서 많은 감각과 감정들이 꼬물거린다.

무료함은 감각의 스위치다. 무료함이란 감정이 느껴지기 시작하면, 조금 섬세해진다. 심심해서 벽지 무늬를 유심히 살펴보게 되는 것처럼, 무료함이 시작되면 살갗에 닿는 바람이라든가, 햇살의 각도라든가, 시답잖은 것들을 바라볼 수 있게 된다. 또한 무료함은 행동의 스위치다. 잡스러운 공상들이 떠오르고, 나는 무엇인가 창조적인 것을 하고 싶어진다. 글을 쓰고 싶다랄지, 공부를 하고 싶다랄지, 읽다 포기했던 책을 다시 펼친다든지. 평소에는 하고 싶지만 귀찮았던 그 무언가를 무료함을 통해 시작하게 된다. 내가 좋아하는 내 안의 내가 무료함의 감정을 통해 밖으로 튀어나온다.

이런 나는 내가 바란다고 해서 일방적으로 끄집어낼

수 있는 녀석이 아니다. 마음이 복잡하거나 바쁠 때 책상 머리 앞에 가서 앉으면 그 창조적인 나는 결코 나오지 않는다. '하기 싫어, 하기 싫어'를 반복하는 게으르고 피곤한 내가 튀어나올 뿐이다.

좋아하는 나를 끌어내기 위해, 나는 다만 상황을 만들어 그 녀석이 튀어나올 판을 깔아준다. 무의미한 시간을 나에게 선사한다. 침대 위를 뒹굴뒹굴 거리며 실컷 웹툰을 보고, 밥을 먹고, 핸드폰을 만지작 만지작거리고, 봤던 TV 예능을 반복해서 보고. 그렇게 게으르고 피곤한 나에게 배부르게 먹이를 주면, 만사가 귀찮은 내가 슬쩍 들어가고, 무료함이란 감정이 서서히 올라오고, 내가 좋아하는 내 안의 녀석이 튀어나온다. 그때그때 다르지만, 얼추 네다섯 시간 정도의 무의미한 시간이 필요하다.

내가 좋아하는 나를 만나기 위해서는 여전히 많은 시간이 걸린다. 나를 대함에 있어 나는 아마추어다. 나에게 서툴게 대하다가 나와 불화할 때도 잦다. 하지만 내가 좋아하는 나를 가까이 두고 자주 불러내다 보면 언젠가는 녀석이 숨 쉬듯 자연스럽게 튀어나올 것을 믿는다. 그래서 나는 노력한다. 유의미한 나를 위해 무의미한 시간들을 흘려보낸다. 조금씩 내가 좋아하는 나와 가까워지기 위해.

무료함이 나를 살게 한다

인턴시절, 팀장님 집들이에 간 적이 있다. 성북동에 자리잡은 2층집이었다. '행복이 가득한 집' 같은 잡지에 행복이 가득한 집의 모범으로 소개될 법한 집이었다. 잔디가 깔린 앞뜰에선 서울 시내가 내려다보였고 넓은 부엌엔 냉장고와 TV가 빌트인 되어 있었다. 버튼을 누르면 마당으로 차양이 저절로 펼쳐져 햇빛을 맞지 않고도 야외 바비큐 파티를 할 수 있는 집이었다. 나는 기대했다. 이 집 사람들은 어떤 신박한 걸 즐기고 살까.

그들은 그 빌트인 된 큰 TV로 드라마를 보고 있었다.

드라마. 할머니와 누나가 낡은 아남전자 TV로 보던 그 허접스런 드라마. 주인공의 조용한 한마디에 시어머니의 놀란 얼굴이 클로즈업되는 클리셰 범벅 드라마.

실망이었다. 그들은 대단한 걸 누리고 있길 바랐다. 나는 꽤 불행하다 생각하며 살아왔고, 덜 불행한 누군가는 내가 모르는 것을 즐길 것이라 기대했고, 내가 거기까지 가닿으면 나의 불행이 조금은 덜어질 줄 알았다. 그런데 겨우, 드라마였다. 물론 내가 본 건 일부에 불과하겠지만.

허탈했다. 일하는 내내 미래는 기대되지 않았고 현재는 즐겁지 않았다. 텅 빈 시간들을 즐거운 것들로 채워 넣어보아도 즐겁지 않았다. 아니, 즐거운 게 별로 없었다. 세상에서 즐겁다는 것들을 웬만큼은 해봤다. 맛있는 음식이라든지, 여행이라든지, 혹은 쇼핑, 게임, 제트스키, 연애, 창작이라든지. 그리고 즐거움의 정도를 대강은 알아버렸다. 저것을 하면 저 정도, 이것을 하면 이 정도의 즐거움일 거라고 예상이 되었다. 해보지 않았어도 얼추 짐작할 수 있다. 패러글라이딩을 안 해봤지만, 패러세일링을 해본 경험에 비추어보면 어떤 즐거움일지 예상이 되고, 연애도 이전 경험에 비추어볼 때 어느 정도 즐거울지 대강은 알 수 있다. 괴로움도 어느 정도 수반할지 예측이 된다. 즐거움은 점점 줄고, 허무함은 커져갔다.

이대로 사라져도 좋겠다는 생각으로 이어졌다. 지금이 즐겁지 않고 미래도 즐겁지 않을 것만 같았다. 뭘까. 내가 바라는 인생의 목적은 대단한 즐거움일까. 휘발적인 감정에 의지해 인생을 바라보는 것일까. 그렇다면 무얼 위해 살아야 할까. 사람에 대한 책임일까. 가치에 대한 의무일까. 행복에 대한 동경일까. 연인일까. 아이일까. 사회일까. 인류일까. 못다 먹은 치킨일까.

소중했던 누나를 잃고서 삶을 지탱해줄 소중한 것을 찾지 못했다. 찾을 수 있을까. 커다란 빌트인 TV로 보는 드라마는 내 인생의 이유가 되지 못했다. 서글프게도.

언젠가 정신과 의사가 내게 들려준 자살 이야기가 떠올랐다. 그의 말에 따르면, 인간은 현재 진화 중이다. 진화가 아니고서는 세계적으로 이렇게 많은 사람들이 자살하는 것을 설명할 방법이 없단다. 굶주림이나 병으로 죽는 사람들은 현격히 줄어들었고, 극빈층이라고 해도 먹고살 수 있는 시대다. 시대가 우리에게 선사하는 건 무한정의 자유이고, 자유는 굴레다. 아무 생각 없이 매일매일

주어진 일을 하던 시대에서, 무한정의 시간을 무언가로 채워 넣어야 하는 시대가 되었다.

그 텅 빈 시간에 우리는 너무 많은 생각을 하고, 이 정신적 압박을 견디지 못하는 사람들은 자살하여 도태된다. 정신적 압박을 잘 버틸 수 있는 유전자들만 후손을 낳아 더 강한 멘탈을 가진 인류로 진화한다. 지금은 그 과도기라고 한다. 그의 말에 따르자면, 나는 이 사회에서 도태될 부류이다. 목이 짧은 기린처럼 이 시대에 적합하지 않은 구시대형 정신 유전자. 태생적으로 어쩔 수 없다고 생각하니 더 허탈해진다.

허탈한 시간들을 보낸다. 허무하면 허무한 대로 그저 시간은 흐른다. 허탈함을 허탈한 대로 흘려보내다 보니, 무언가가 눈에 들어온다. 벽지무늬다. 벽지무늬를 유심히 살핀다. 언뜻 보면 마냥 흰 벽지이지만, 자세히 살펴보면 꼬물꼬물한 선들이 음각으로 촘촘하게 배치되어 있다. 왜 저렇게 선을 배치했을까. 그것이 아름답다고 누군가는 생각한 걸까. 저 무늬를 아름답다고 여겼다면 그 사람의 미감은 어디서 왔을까. 스스로 고안한 것일까. 외국의 카탈로그에서 보고 베낀 걸까. 아니면 기능적인 이유일까. 올록볼록한 질감이 실내온도를 조금이라도 따뜻하게 해주는 걸까. 저렇게 틈이 많으면 틈에 때가 끼어서 덜 기능적이지 않을까. 모기를 잡다가 저 틈바구니로 모기 다리가 끼면 어떻게 뽑아낼 수 있을까. 걸레로 박박 닦으면 찢어지지 않을까. 벽지무늬를 관찰하다 보니, 재밌다.

무료하니까, 세상이 재밌는 것투성이였다. 벽지를 바라보며 공상하는 것만으로도 재미있다. 문득 생각한다. 이제까지 내가 즐겁지 못했던 이유는, 너무 즐거워서였던 게 아닐까. 몽쉘통통을 먹고 나면 쌀과자의 단맛을 전혀 느끼지 못하듯이, 나는 나의 빈 공간에 즐거움을 과도하게 욱여넣으려 했던 것은 아닐까.

돌이켜보면, 회사를 다니며 주말이나 휴가를 보낼 때 나는 늘 무언가를 하고 있었다. 휴가 때는 어디든 즐거움을 찾아 해외여행을 다니려고 했다. 다낭이 재밌을까. 발리가 핫하다는데. 필리핀 바다에서 스노클링을 해볼까. 시베리아 횡단열차를 타볼까. 주말에는 새로운 게임이 없나 찾아다녔다. 없으면 수년째 하는 삼국지 11을 다시 시작한다. 아니면 당일치기든 1박이든 어딘가로 다녀오려고 했다. 늘 그렇게 무언가를 채워 넣으려고만 했다.

세상을 살아가야 할 대단한 즐거움 하나를 나는 아직 찾지 못했지만, 소소한 즐거움 여럿을 채워 넣을 방법은 찾았다. 무료함이다. 무료함은 작은 즐거움을 크게 느낄 수 있도록 섬세함을 키워준다. 그렇게 즐거움은 서서히 복원되어가고 나는 살아간다. 허무하면 허무한 대로, 무료하면 무료한 대로 시간을 보낸다. 무료함이 나를 살게 한다.

인생의
롤모델

●
○

백수생활 5개월쯤 되던 때, 나는 동네 도서관으로 향했다. 통장 잔고가 빈약해져가는 만큼 '뭐 먹고 살아야 하나'라는 마음속 질문은 커져가는데, 인터넷을 뒤져보아도 답이 보이지 않았다. 책 속에 답이 있지 않을까 하는 기대에 도서관의 청소년 책 코너로 향했다. 진로에 관한 고민은 사춘기 소년이 진지하게 고민할 법한 주제니까.

『내 인생을 특별하게 만들어줄 멋진 직업』, 『내 일을 부탁해 : 스펙도 빽도 없는 청춘을 위한 일 찾기 프로젝트』, 『나도 멋진 프로가 될 거야』 등등 진로 관련한 책들이 책장 하나에 가득했다. 역시, 이것이었다. 나의 고민을 다 이해하고 있는 듯한 제목들. 책에 담긴 수많은 직업들 가운데 내가 원하는 거 하나쯤 있을 것이었다. 미래에 대한 설렘을 가득 품고 책을 한 장 한 장 정독했다.

수백 개의 직업 중 끌리는 직업이 하나도 없었다. 개괄적이고 겉도는 이야기들만 가득했다. 나의 직업이었던 카피라이터 항목을 살펴보니 '창의적이기 위해 노력하라', '모든 것에 호기심을 가져라', '광고들을 유심히 살펴봐라' 따위의 말들이 있었다. 어이없을 정도로 원론적인 필요 자질과 현실적이지 않은 업계 전망만 적혀 있는 고로, 역시나 다른 직업들도 비슷할 것이다. 기대가 컸던 만큼 실망은 더 컸다. 책에는 답이 없었다. 내가 흉내 내고 싶은, 따라가고 싶은 길이 없었다. 오랜만에 롤모델이 없는 상황이었다.

지인들에게 내뱉은 적은 없지만, 나에게는 늘 롤모델이 있었다. 이십 대 초반에는 요절한 천재 예술가처럼 되고 싶었다. 멀리는 러시아 문학가 푸시킨이나 일본 소설가 다자이 오사무나 영국 뮤지션 에이미 와인하우스처럼, 가까이는 이상이나 기형도처럼, 천재적인 재능을 세상에 쏟아내고 빨리 죽기를 바랐다. 어영부영 시간은 흘러갔고 이십 대 중반쯤에 나는 알았다. 젠장, 나는 천재가 아니었다. 그럭저럭 평범한 재능을 가진 평범한 사람이었다.

당시 나는 시조를 배우며 등단을 꿈꾸는 얼치기 문학도였는데, 매년 1월 1일이면 신문들을 훑으며 신춘문예 당선작과 당선인의 약력을 살피곤 했다. 나이가 많은 이가 등단하면 안도했으나, 나보다 어린 사람이 등단을 하면 맹렬하게 질투심이 끓어올랐다. '재는 저렇게 빨리 등단하는데 나는 지금 무엇을 하고 있나.' 하루하루 시간이 가는 게 초조했다.

천재도 아니고, 요절도 글러버린 상황에서 나는 새로운 롤모델을 찾았다. 박완서나 김훈과 같은 삶을 살기를 꿈꿨다. 다들 알다시피 그들은 늦은 나이에 등단하여 훌륭한 작품들을 남겼다. 그들도 늦게 시작하여 엄청난 작품들을 만들었으니 나도 '지금 조금 헤매도 괜찮아'라고 스스로를 위로했다.

카피라이터로 일을 시작하던 시절의 롤모델은 나의 사수였다. 국내 광고제에서 상을 휩쓸고, 세계광고제에서 상을 받은 사수. 그처럼 나도 좋은 광고를 만들고 싶었다. 좋은 광고를 만들었다고 세상으로부터 인정받고 싶었다. 하지만 아주 많이 노력을 해보아도 좋은 아이디어를 내기는 쉽지 않았고, 매일이 괴롭기만 했다. 몇 년쯤 괴롭게 아이디어를 내다 문득, 사수들의 모습을 다시 보았다. 그의 삶은 멋있어 보이지도, 즐거워 보이지도 않았다. 괴로워 보이기만 했다.

좋은 아이디어 하나를 만들기 위해 스스로를 자학하고, 주변인들을 괴롭히고, 스트레스로 원형 탈모가 오고 공황장애가 오는 삶. 신혼여행에 가서도 경쟁 PT를 준비하여 승리하고, 그렇게 열심히 애써서 좋은 캠페인을 만들어낸 것을 자랑스럽게 이야기하는 삶. 자신은 아이가 크는 것을 거의 보지 못하고 살았다며 후회 섞인 목소리로 이야기를 하지만 후배에게도 그러한 삶을 살아갈 것을 은근하게 강요하는 삶. 다 불쌍하기만 했다.

저 사수의 위치에 다다르기도 힘들겠지만 만일 노력과 행운을 거듭하여 그 자리에 오른다고 해도 괴로울 것을 생각하면 막막하기만 했다(아마 신 포도를 바라보는 여우의 마음일 것이다. 나는 그들의 자리를 직접 경험해보지 못했으니 그들의 괴로움도, 즐거움도 어렴풋이 짐작하는 것일 뿐이다).

그때의 나는 소설가 살만 루슈디를 생각하며 스스로를 위안했다. 그는 카피라이터 생활을 십여 년 동안 하며 짬짬이 글을 쓰고 훌륭한 작가가 되었다. 나는 '카피라이터로 일을 하면서도 빛나는 다른 무언가를 가질 수 있어'라고 스스로에게 되뇌었다. 하지만, 살만 루슈디가 첫 소설을 세상에 낸 시점의 나이와 가까워지며 또 초조해져 갔다.

생각해보면 나의 롤모델이란, 참조하여 따라가기 위한 방향점이라기보다는, 그저 위안을 얻기 위한 도구였다. 무엇인가 거대하고 대단한 것이 되고 싶은데 스스로 초라하여 슬퍼질 때, 롤모델의 모습에 나를 투영하여 '저 대단한 사람도 저 시점에서 저랬으니까, 나도 이대로 괜찮아'라고 다독이기 위한 도구였다. 그러니 정말 닮고 싶은 것이 아니었다. 그저 그의 아우라를 얻고 싶은 것뿐이었다. 구체적인 삶에 다가갈수록 롤모델이란 판타지는 희미해졌다. 나에게 롤모델은 이입을 통해 불안을 해소하기 위한 도구였으니까.

도서관에 직업 책들을 반납하며 새삼 롤모델에 대해 생각한다. 책에서 내 인생의 롤모델을 찾을 수 있을 리 없었다. 내가 꿈꿨던 롤모델들은 판타지였으니까. 그저 그 서사를 흉내 내고 싶었을 뿐, 무엇이 되고 싶은 적이 제대로 없었으니까. 그것은 내가 되고 싶은 것이 아니었으니까.

다시 생각해본다. 작고 구체적인 것에서부터 출발해본다. 내가 무엇에서 즐거움을 느끼는지 생각해본다. 맛있는 음식일지, 즐거운 경험일지, 창조하는 짜릿함일지, 관계의 포근함일지. 그리고 그 즐거움들의 강도를 생각하고, 그 즐거움을 극대화할 방법을 생각해본다. 지금 이 순간처럼 글을 쓰는 것도 나에게는 즐거움을 가져다주는 행동 중 하나일 것이다. 그 즐거움이 업이 될 수도 있을 것이고, 그 즐거움을 충족하기 위해 필요한 것이 돈일 수도, 넉넉한 시간일 수도 있을 것이다.

그렇게 조금씩 천천히 나를 알아가며 나의 진로를 찾아보자고 스스로에게 얘기해본다. 조급해하지 말자고.

불안에 잡아먹혀서 섣부른 판단을 하거나, 어떤 아우라에 휩쓸려서 혹하지 말자고 생각해본다. 여기까지 생각하고, 나의 롤모델을 다시 생각한다. 지금 나의 롤모델은 나의 감각이다.

나는 내 지인의 어떤 말투를 좋아한다. 그녀는 조잘조잘 자신의 일화를 말하는 걸 즐긴다.

"이번 휴가 때 디즈니랜드에 갔는데 너무 행복했어."

그녀는 자신의 행복에 대해서 정확히 말을 하곤 한다. 별것 아닌 것 같은가? 나에겐 엄청 대단한 말이다. 일상 속에서 구체적으로 행복이란 단어를 입에 올리는 사람은 그리 많지 않다. 자신이 어떤 상황에서 행복한지 명확하게 인식하고 그것을 말로 내뱉는 사람을 나는 자주 보지 못했다. 그녀는 또 이렇게 말한다.

"이번에 어떤 소설을 읽었는데, 읽는 내내 너무 재밌고 즐거웠어. 그런 감각을 또 느끼고 싶어."

그녀는 자신의 감각을 잘 안다. 자신이 어떤 대목에서 어떤 감각을 느끼는지 정확히 인지하고, 그 감각을 계속 채워 넣으려고 노력한다. 나는 그녀의 그 건강한 태도를 부럽게 여긴다. 자신의 감각을 아끼고 채워 넣는 그 태도. 그녀를 흉내 내어, 나는 나의 감각을 찾아본다. 나의 길을 찾아본다.

세상 위대한 취향

내 취향은 살치살 쪽이다. 소고기는 다 맛있지만, 부드럽게 녹아서 입 안을 가득 채우는 풍미는 살치살을 따라올 부위가 없다.

좋은 숯으로 구워낸 질 좋은 살치살은 우주 최강이다. 가스 불에 무쇠철판으로 구워내면 안 된다(내가 가끔 가는 대도식당이 무쇠철판을 쓴다. 그 집 고기의 질을 생각하면 아쉽다). 숯불 위에 석쇠로 구워내야 잡내가 잡히고 나무 향의 풍부한 질감이 더해진다. 불은 강할수록 좋다. 겉만 태우듯이 구워내어 한 점 입에 넣으면, 바삭한 겉 부분이 바스

라지고, 향이 폭발적으로 터져 나온다. 품고 있던 기름은 촉촉하게 흘러나와 따스하게 입 안을 채운다. 힘들여서 씹을 필요도 없다. 우물우물 씹는 노동은 우둔살이면 족하다. 살치살은 살짝 한 번만 씹어도 충분하다.

첫 점은 소금에 찍어 먹어야 한다. 상추에 싸서 먹으면 살치살의 맛을 온전히 느끼기 어렵다. 고기 본연의 박력과 지방의 부드러움을 그대로 느끼기 위해서, 고기 한 점을 온전히 삼키고 나서 상추는 따로 으적으적 씹어 먹어야 한다. 나는 살치살을 상상하는 것만으로도 입에 침이 고이고 약간은 행복해진다.

소고기를 좋아한 지 그리 오래되지는 않았다. 어렸을 적엔 소고기가 비호감 음식이었다. 명절 때면 차례상에 올랐다 내려온 소고기 산적 꼬치를 맛볼 수 있었는데, 비쩍 말라 있어서 질겅질겅 씹다가 절반쯤 뱉어내게 되는 음식이었다. 외할머니는 아주 가끔 소불고기를 해주셨는데, 그건 본질적으로 채소볶음에 가까웠다. 당근과 양파와 버섯 등 채소들에 약간의 육향만 더하여 이름을 바꿔치기 한 수준이었다.

제대로 소고기를 먹었던 것은, 대학교 후반 즈음부터

였다. 졸업을 먼저 하는 친구가 취업 턱이라며 사주었던 소고기 모둠 부위, 그게 소고기와의 첫 만남이었다. 사회초년생 아이들이 자신들의 돈을 써서 사 먹을 수 있는 음식 중에, 상상할 수 있는 가장 비싸고 맛있는 음식이 소고기였다. 그 이후 다른 녀석들도 나도 취업을 했고, 영등포나 마포 뒷골목을 뒤져 4인분 가격에 8인분을 준다는 수입 소고기 집들을 찾아다녔다. 이때까지 소고기는 그저 비싼 음식을 먹는다는 기분을 내고 싶을 때 먹는 음식이었다.

그러던 어느 날, 포천의 어느 정육식당에서 살치살이란 부위를 우연히 만났다. 투뿔 살치살. 흰 눈 위에 붉은 핏자국이 떨어진 듯한 아름다운 모습. 붉은 살코기보다 흰 지방이 더 많던 그 아이. 그 아이를 한 점 입에 넣었을 때 머리에서 종이 울렸고, 내 취향의 목록에 살치살이 등록되었다.

살치살과 더불어, 파파이스 감자튀김과 케이준 통샌드위치(지금은 이름도 맛도 바뀌었지만), 드립커피, 찹쌀떡층이 있던 시절의 붕어싸만코, 달빛요정역전만루홈런, 이소라, 요조, 오지은, 가을방학, 궁평항 노을, 쌍계사의 안

개 낀 새벽, 제주도 바닷바람, 포천제일유황온천의 유황 냄새 가득한 물, 김훈, 고종석의 산문, 황지우, 이성복의 시, 황정은의 소설, 양영순의 웹툰 등이 나의 취향 목록이다. 나의 감각을 가장 깊게 자극하여 강도 높은 즐거움을 가져다주는 것들의 목록이다.

취향은 내가 좋아하는 나의 감각을 내가 찾아내었다는 증표이다. 내가 나를 즐겁게 해주기 위한 행위의 반복 끝에 알아낸, 내 안의 지형의 일부다. 아직 나의 목록은 빈약하지만, 내가 살아가는 한 취향은 하나씩 하나씩 늘어갈 것이다. 그만큼 내 안의 '즐거움'이라고 하는 영역도 넓어질 것이다.

나는 취향 부자들이 부럽다. 어렸을 적부터 좋은 것들을 보고 듣고 먹고 자라서, 정말 좋은 게 뭔지 아는 사람. 자신의 즐거움을 뾰족하게 이해하는 사람. 누구나 좋아하는 아이유 음악을 즐길 뿐만 아니라 라흐마니노프 음악이 가져다주는 즐거움을 몸으로 알고 있는 사람. 다양한 술을 접해보고서 그중에 글렌리벳이 자신의 입맛에 맞다는 걸 아는 사람. 맛만 보고도 샤토브리앙과 필레미뇽을 구분할 수 있는 사람. 주변에 간혹 그런 사람들이 있었고, TV에 나오는 사람 중에도 자신의 감각에 충실한 이들이 많았다. 비단 고급문화의 향유를 이야기하는 것이 아니다. 수많은 즐거움 가운데 자신에게 가장 맞는, 자신에게 가장 큰 즐거움을 가져다주는 그 무언가를 찾아냈다는 것을 말하는 것이다.

나는 그들이 부러워서 흉내 내고 있는지도 모른다. 어렸을 적 결핍으로 인한 것일지도 모른다. 라디오 드라마 「격동 50년」이 유일한 취미였던 외할아버지, 어떤 음식을 만들어도 가성비를 따지던 외할머니, 그 밑에서 자란 가성비 인생이었던 나. 그에 대한 반발일지도 모른다. 프랑스 사회학자 피에르 부르디외는 사람들이 자신의 계급보다 상위계급의 취향을 동경하고 흉내 낸다고 했는데, 그의 이론처럼 나는 상위계급의 취향을 흉내 내고 있는지도 모른다.

하지만 흉내면 어떠하고 결핍이면 어떠한가. 중요한 건 나의 소중한 감각들을 일깨우는 행위를 멈추지 않는 것이다. 떡볶이를 좋아한다면, 동네 떡볶이를 맛보고, 아차산의 신토불이 떡볶이도 맛보고, 대학로의 HOT 떡볶이도 맛보고, 신당동 마복림 할머니 떡볶이를 섭렵하고서 그중에 내 감각을 자극하는 최상의 것이 무엇인지 알아가는 것. 그렇게 내가 세상을 살아야 할 이유를 하나씩 늘려나가는 것. 그것이 내겐 중요하다.

백수생활 동안은, 숯불구이 집에 가서 투뿔 살치살을 사 먹을 형편이 되지 못했다. 대신 두어 달에 한 번쯤, 휴무 전날인 토요일 저녁에 마트로 갔다. 반값 세일 수입 소고기를 벌벌 떨며 한 팩 사서 프라이팬에 구워 먹었다. 다소 아쉽기는 해도, 중요한 것은 내가 행복해지는 감각을 스스로 인지하고 있다는 사실이다. 무엇을 할 때 내가 즐거운지 알고, 그 즐거움의 극단에 무엇이 있는지 알아가는 것. 내 욕망의 형태를 이해하는 것. 내 욕망을 키워가는 것. 그만큼 인생은 풍부해지고, 그만큼 인생은 살만해진다.

1인분의 외로움

새벽 세 시 즈음, 잠이 안 올 때가 있다. 어쩌다 잠을 잘 시간대를 놓쳐버렸거나 초저녁에 잠이 들었다가 깨었을 때다. 밤 앞에서 내가 왜소하게 느껴지는 시간이다. 어둠이 나를 짓누르는 것 같고, 소음들이 날뛴다. 눈을 감고 마음을 편히 하려고 해도 소리들은 더 또렷해진다. 수도꼭지에서 물이 똑똑 떨어지고, 냉장고가 윙윙거리고, 탁상시계는 째깍대는, 그런 순간이다. 가만히 있으면 어둠과 소음에 짜부라질 것만 같고, 혼자 견딜 수가 없어서 휴대폰의 연락처를 쭉 훑어봤다.

얘는…… 자고 있을 거고, 얘는…… SNS 보니 술 먹느라 바쁘고, 얘는…… 통화 안 한 지 몇 년째고, 얘는…… 불면증 때문에 못 자는데 방해하면 안 될 것 같고, 얘는…… 전화해도 반겨줄 것 같지 않고, 얘는…… 업무적인 사이인데 지금 연락하는 것도 웃기고, 얘는…….

어차피 전화해도 "외로워서 견딜 수 없었다"고 말하지도 못하겠지만, 어차피 전화하지 못할 걸 알고 있지만, 간절한 마음에 목록을 훑어본다. ㄱ부터 z까지 보고 나자, 혼자라는 걸 새삼 느낀다. 그리고 다시 찾아오는 적막은 압도적이다.

언젠가 지인에게 새벽의 외로움에 대해 말을 꺼낸 적이 있다. 그때 그녀가 대꾸했다. 둘이 있을 때 느끼는 외로움은 더하다고. 그녀는 결혼을 한 지 오래다. 그녀는 가끔 새벽에 잠에서 깨는데, 옆을 보면 남편은 곤히 자고 있다. 잘 자는 사람을 깨울 수가 없어서 그녀는 조용히 거실로 향한다. 잠은 오지 않고 정신은 말똥말똥한데 공허하고 부질없어 시선은 간접조명이 닿지 않는 어두운 부분을 향한다. 어두운 부분을 바라보다 홀로 식탁에 앉아 와인을 한 잔 따른다. 그 순간이 지독하게 외롭단다. 남편과 그녀는 한 몸이 아니고, 어느 순간 그녀는 외로움과 마주쳐야만 한다. 그래서 그녀는 술을 마신다. 외로움을 달래기 위함이 아니라, 외로움에서 회피하기 위함일 것이다. 얼른 취하여 잠이 들기 위해서일 것이다. 외로움이란 감정을 마주하기가 두려워 얼른 와인 병을 비운다.

나 역시 외로움이 무서워서 여러 가지 습관을 들인다. 새벽에 깨는 일이 없도록 초저녁에 잠을 자지 않고, 고양이와 함께 살고, 텅 빈 시간에는 오래된 무한도전 클립을 틀어놓는다. 핸드폰을 부여잡고 유머커뮤니티들을 기웃댄다. 외로움이 들어설 자리를 막기 위해서지만, 이 모든 것은 미봉책이다. 외로움은 내가 방심한 틈에 스멀스멀 기어 나올 것이다. 여럿과 있을 때에도 틈만 생기면 찾아올 것이다.

언젠가 사전에서 외로움이란 단어를 찾아보고, 그 반대말은 무엇인지 곰곰이 고민한 적이 있다. 사전은 '번거롭다', '번잡하다'를 반의어라고 일러주지만, 외롭지 않은 느낌과 딱 맞아떨어지는 단어는 아닌 듯싶다. 유대감? 공감? 교감? 연대감? 비슷한 언저리의 단어들은 있지만,

딱 반대되는 말은 없었다. 결론은, 외로움의 반대말은 없다. 외로움이란 단어는 그 의미처럼 외롭게 홀로 있다.

그래서 외로움에 대처할 방법이 없는지도 모른다. 어쩌겠는가. 다가오는 외로움에 대해 받아들이는 수밖에. 외로움 역시 나의 일부니까. 죽일 수도 없고 도망칠 수도 없고 평생을 따라다닐 감정인데. 어쩌겠는가. 외로움을 회피할 방법을 100가지 준비하는 것도 필요하겠지만, 외로움과 함께 잘 살아갈 방법을 찾는 것 역시 필요하다. 그 새벽의 외로운 나를 두고 술 한 잔 마시는 수밖에. 잠을 자기 위함이 아니라 그 외로움이란 녀석과 친해지기 위해. 무엇이 그렇게 외로우냐고 나에게 속 시원하게 털어놓을 수 있게. 외로움이란 녀석에 익숙해지고 담담해지길 바랄 뿐이다. 외로운 나를 지켜볼 따름이다.

언젠가 여행 중에 한 할머니를 만났다. 나는 혼자 도보여행 중이었고, 함평에서 걷기 시작하여 한두 시간만 더 걸으면 목포에 도달하게 될 어느 거리에서였다. 시골길을 지나던 할머니가 배낭을 짊어진 나의 행색을 보더니 놀러갔다 오냐고 물어보았다. 도보여행 중이라 답하니, "배고프것어. 배고프것네"라며 저녁을 먹고 가란다. 할머니 집은 반대방향으로 한참을 가야 한다. 한사코 거절하자, 저녁 사 먹을 돈이라도 줘야겠단다. 실랑이가 오가다 결국, 할머니는 구깃구깃한 돈뭉치를 꺼내들었다. 중풍이 있어 손가락이 불편하니 여기서 만 원만 빼가라 했다. 나는 만 원을 빼고 남은 만 천 원을 돌려주었다. 손이 곱은 할머니 대신 돈을 쌈지에 넣고 지퍼를 닫았다. 인사하고 길을 떠났다. 한참 걷다 고개를 돌리니 할머니는 그 자리 그대로 이쪽을 보고 있었다. 또 한참을 걷다 다시 고개를 돌리니 할머니는 여전히 그 자리에 점으로 있었다.

족히 여든은 되었을 그 할머니의 외로움을 생각한다. 멍하니 구름 지나는 걸 바라보다가 마실 나가는 길에 낯선 이를 마주치는 것이 가장 큰 이벤트인 일상. 이름 모를 여행객과 밥을 나누며 도란도란 얘기하고 싶은 그 마음을 생각한다. 나는 할머니가 주는 만 원보다, 할머니의 저 망부석 같은 모습에 위안을 얻는다. 할머니의 외로움을 생각하며 세상에 나만 외로운 것은 아니라 깨닫는다.

나 혼자만 외로운 것이 아니다. 저마다 다 외롭고 저

마다 회피하며 살아간다. 나만 시험을 망쳤다면 불행이지만, 60억이 다 같이 시험을 망쳤다면 어쩌겠는가. 사람이 풀기엔 너무 어려운 시험이라 생각하는 수밖에. 다만 궁금할 뿐이다. 당신은 어떻게 외로움을 회피하는지. 책을 읽는지. 전화를 하는지. 사람을 만나는지. 어떻게 하는지. 당신의 외로움은 어떤 모습인지.

넉넉함이 가져다주는 너그러움

지인의 아들은 명문 유치원에 다닌다. 명문이란 단어 그대로 알 사람은 다 안다는 곳인데(물론 나는 들어도 모를 사람이다), 지인에게서 그 유치원 이야기를 들으며 나는 과연 이름값을 한다고 감탄했다. 그곳은 커리큘럼을 따라서 지식을 순차적으로 주입하는 전통적인 교육법을 쓰지 않는다. 프로젝트 교육법이란 방식을 도입했는데, 이는 커리큘럼이 아니라 아이들의 흥미를 따르는 방법이다.

아이들이 고래에 관심을 보인다고 치자. 고래로부터

모든 것이 시작된다. 선생님과 아이들은 고래에 대해 함께 알아보고 고래와 함께 살아가는 바다생물들에 대해 배워간다. 좋아하는 바다생물의 이름을 훑으며 한글을 깨우치고 바다생물들의 숫자를 헤아리며 수 개념을 익히고 생물들이 어디 사는지를 알아보며 지리에 대한 개념을 익힌다. 제멋대로 흘러가는 것 같지만, 아이들의 흥미를 토대로 그 나이대에 익혀야 할 기초지식을 자연스럽게, 그래서 더욱 단단하게 배우고 세계에 대한 이해를 넓혀간다.

학기가 끝날 무렵이면 발표를 하는데, 반마다 제각각이다. 아이들의 관심사가 각각 다르기 때문이다. 어떤 반은 바다생물들을 주제로 한 연극을 하고, 다른 반은 공룡노래를 부르고 또 다른 반은 그림을 그리기도 한다. 배움은 억지스럽지 않고 호기심은 재미로 이어진다. 학습은 즐거운 것이라고 아이들 몸에 새겨질 법하다. 모나지 않고 두루두루 세상에 흥미를 가진 좋은 어른으로 자랄 법하다.

내내 감탄하다가 순간 섬뜩해진다. 저 명문유치원의 교육법은 '돈 많은 집 애들이 능력도 출중하고 인성도 좋다'라는 명제를 입증하고 있었다. 늘 부정하고 싶었던 그 명제가 나에게 말을 건넨다. '거봐. 내 말이 맞지 않니. 저 유치원을 다니는 아이가 어떻게 자랄지 상상해봐. 누가 봐도 번듯한 어른이 되지 않겠니(명문 유치원에 아이를 보낸다고 다 부자는 아닐 것이다. 나의 지인은 그렇게 부자는 아닌 듯하다. 다만, 가난한 나의 친구들 혹은 제주도의 친구들과 비교했을 때 그들은 상대적으로 부자이며 상대적으로 고급 육아정보를 얻기에 유리하다).'

명문유치원에서 자랐는지는 알 수 없지만 부유한 친구를 나도 어딘가에서 종종 마주치곤 했다. 대학시절을 함께 보낸 부잣집 친구 몇몇은 돈을 드러내어 과시하지 않았고, 1인분에 2500원인 대패삼겹살을 함께 먹었다. 다들 술에 취해 네 발로 기어갈 시점이면, 녀석은 애들을 다독여 지하철을 태워 보내고 마지막에 집으로 가곤 했다. 도서관 자리 맡아달라는 부탁을 군말 없이 들어줬고, 기말고사를 준비할 때면 남들보다 더 늦게까지 공부했다. 성실과 정직과 여유와 겸손이 몸에 배인, 번듯한 녀석이었다.

사회생활을 하며 마주친 다른 부자 친구는 참 사랑스

러웠다. 누가 봐도 사랑을 참 많이 받고 자라서 사랑을 주고받는 데 익숙한 녀석이었다. 그 녀석의 세계관은 명랑만화 혹은 로맨틱코미디였다. 모두가 자신을 좋아해줄 준비가 되어 있는 세계. 그래서 누구에게나 무람없이 다가가고 화기애애한 분위기를 만드는 녀석. 그 친구가 내는 아이디어마저도 태생적인 밝은 기운이 가득했다. 아이디어에는 자신의 세계관이 은연중에 드러나니까. 정말이지, 부잣집 녀석들은 번듯했다.

부잣집 애는 인성이 훌륭하고 가난한 집 애는 어딘가 비뚤어질 수밖에 없다는 서글픈 결론으로 가지는 말기로 하자. 내 견문이 짧은 탓에 나의 짧은 경험으로 섣불리 단정 짓는 건 곤란한 일이다. 나는 세상 모든 부자를 만나보지 못했고, 세상 모든 가난한 이를 만나보지도 못했다. 내가 얘기할 수 있는 것은 늘 그렇듯 나의 경우이다.

이제 와서 고백하자면, 과거의 나는 좀 가난했는데 한 순간에 여유가 생겼다. 백수생활을 시작할 때는 쪼들렸는데 어느 순간엔가 넉넉해졌다. 그리고 나의 태도는 사뭇 달라졌다. 예전의 나는 조금 뾰족했는데 넉넉한 나는 어지간한 말에 흔들리지 않았다. 누군가를 기다리며 세 시간쯤 허비해도 괜찮다. 저녁 일곱 시 약속이라면, 네다섯 시쯤에 약속 장소 근처 벤치에 앉아 책을 읽거나 땅거미 지는 보도 블럭을 구경해도 괜찮다. 상대의 피곤한 말을 다 담아낼 여유가 있다. 풍족하니 마음의 여유가 현격하게 늘어났다.

갑자기 로또에 당첨된 것은 아니다. 여전히 나는 한 끼에 드는 비용을 최소화하기 위해 레시피를 고민했고, 두 시간쯤 일찍 약속 장소에 도착하면 주변에 이디야 커피가 없나 기웃거렸다. 없으면 그냥 벤치에 앉아 있거나 주변의 공공도서관으로 향했다. 하지만 나는 부자였다. 백수이다 보니 시간은 풍족하게 아무리 써도 넉넉하게 남아 있었다. 나는 시간부자였다.

돈 많은 집 애들이 착하고 여유롭다는 말에 대해 섣불리 동의할 수는 없지만, 무엇이든 넘칠 만큼 넉넉한 것이 있을 때 사람이 착하고 여유로워진다고는 말할 법하다. 그게 넘치는 돈이든, 넘치는 시간이든, 넘치는 사랑이든, 넘치는 자신감이든 뭐든지 간에, 무엇인가 하나쯤은 넘치는 게 괜찮다.

명문유치원에서 단단히 세워놓은 인성이 평생을 좌우

할 수도 있듯이, 나에게는 백수의 시간이 그와 같은 시간이었다. 과거의 뾰족했던 나와는 별개로, 넉넉한 시간이 가져다주는 너그러움을 나의 기본으로 만들어가는 시간. 이 넉넉함을 충분히 누릴 만큼 누려서 나의 마음에 단단하게 새겨질 수 있도록, 그 언젠가 마음이 강팍해질 때에 흔들리지 않을 수 있도록, 나는 충분히 백수의 시간을 즐겼다.

인생의
슬로건

●
○

면목동 주택가 한가운데, 골목 어딘가에 '00마트'라는 조그마한 슈퍼가 있다. 나와 이름이 비슷하여, 반가운 마음에 유심히 간판을 살펴보았다. 원색이었던 간판의 빛이 바래고 칠이 조금 떨어져나갔는데, 대문짝만 한 제 이름 위에 조그마하게 슬로건이 적혀 있었다. '새로운 소비문화를 선도하는, 00마트'이다. 볼 때마다 나는 피식 실소를 한다. 얼마나 호방한 슬로건인가. 이 자그마한 동네슈퍼가 새로운 소비문화를 선도한다니. 참으로 거창한 꿈이다.

차를 타고 지방을 돌아다니다 보면 '00마트'와 같은 슬로건들이 자주 보인다. '대한민국의 중심, 충청남도'라든가, '천년의 비상, 전라북도'라든가, '새천년 희망의 울림, 예산군'이라든가, '천년의 빛, 영광'이라든가, '일등경제, 으뜸 청주'라든가, '미래행복 이끌어갈 여성 친화도시, 고창'이라든가. 볼 때마다 그 웅대한 포부에 입꼬리가 살짝 올라간다. 지방자치단체들의 슬로건 중 다수는 의지치나 기대치인 경우가 많고, 뒤집어보면 슬로건이 담고 있는 뜻을 현재는 이루지 못한 상태임을 뜻한다. '대한민국의 중심'이고 싶은 충남은, 지금 대한민국의 변방이라고 스스로 인식하고 있는 것이다(지리적으로 중심에 자리잡고 있다는 이중 의미를 노렸겠지만 그것은 차치하자).

평소에 슬로건 작업을 왕왕 하는 카피라이터 입장에서 저 문장이 어떻게 나왔을까 생각해보면, 슬로건 도출 당시 충북도지사의 웅대함과 위대함을 담아내는 폼 나는 말들을 사방에서 찾아서 그중에 충남과 어느 정도 맞아 들어갈 단어를 솎아내었을 것이다. 그러나 슬로건이 웅대해지고 꿈이 커질수록 현실과는 멀어지고, 그 터무니 없는 갭은 코미디에 가까워진다. 여기까지가 예전의 시니컬한 내가 가진 생각이었다.

지금의 나는 얼굴도 모르는 면목동 '00마트'의 사장님과 슬로건을 사방에 써 붙인 충청도의 공무원들에게 괜히 죄송한 마음이다. 누구도 충남이 대한민국의 중심이 될 거라고 크게 기대하지는 않을 것이다. 하지만 그 목표를 이룰 수 있느냐의 문제와는 별개로 목표를 향해가는 과정과 과정 속의 태도가 있다. 이룰 수 없는 꿈을 꾼다는 건, 꿈을 이루기 위함이 아니라 꿈을 지표로 부단하게 나아가고자 하는 것이니까.

지금 현재 나의 슬로건을 쓴다면 뭘까. 모 침대브랜드의 슬로건을 거칠게 흉내 내어보자면, '흔들리지 않는 평안함' 정도일 것이다. 이룰 수 없는 목표이다. 지금 나는 평안하지 않다는 의미이다. 나는 때때로 평안하지만 그 평안은 쉽게 깨진다. 사람의 스트레스로 혹은 나 자신의 스트레스로 평안은 금세 무너져서 우울해지곤 한다. 나는 평안이 찾아오면 물 풍선을 다루듯이 조심스레 평안이란 녀석을 굴리고 키운다. 언젠가 물 풍선이 터지듯 평안은 깨질 것이다. 다만 계속 그 상태를 유지하기 위해 노력해야 한다는 것만을 생각한다. 평안이 깨지면 다시 평안을 찾기 위해 노력한다. 그렇게 이룰 수 없는 꿈을 향해 간다.

나는 '종심소욕불유구(從心所欲不踰矩)'라는 말을 좋아한다. 공자님이 칠십에 이르러서 도달했다고 하는 경지인데, 욕망하는 대로 행동해도 예에 어긋나지 아니했다는 말이다. 욕망하다 보니 예의를 그르치거나, 예의를 차리다가 욕망을 훼손하는 것이 아닌, 온전히 한 사람이 편안하게 살아가는 경지. 나는 공자님이 아니고, 그 경지에는 이르지 못할 것이다. 하지만, 그 지표를 따라가는 나를 생각한다. 그 길 속에 있는 나의 모습을 생각하고, 나의 태도를 생각한다. 면목동 00마트 주인의 바람과, 충남의 슬로건을 따라가는 사람들을 생각한다. 성과가 아닌 과정을 생각한다. 완벽한 무언가가 아닌, 미완성이되 조금씩 나아가는 나를 생각한다.

3부

비로소 나 자신이 되어간다

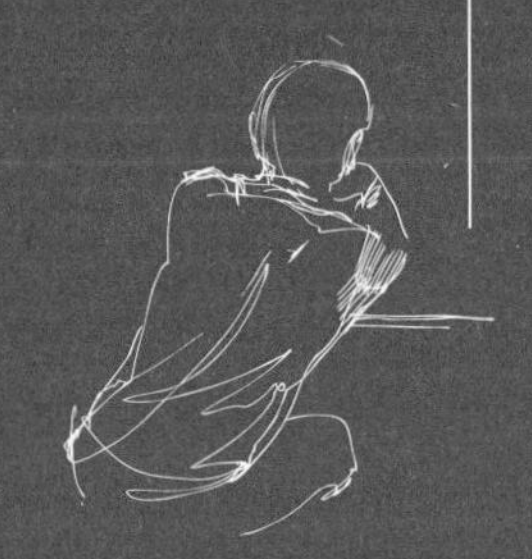

,

'자리가 사람을 만든다'라는 말에 동의하지 않는다.
반대로, 어떤 자리에 오르며
자신도 모르던 면모가 드러나는 것이라 생각한다.

그런 의미에서, 내가 가장 나다워지는 자리는 쉼이다.
나의 모든 모습을 무람없이 풀어내는 자리.
내가 좋아하고 싫어하는 것을 알아가고
좋아하는 것만 챙겨주는 시간.

쉬고 또 쉬며
나 자신이 되어간다.
다시 세상에 나아가도
덜 흔들릴 수 있도록 나를 다진다.

나의 생존법

수차례의 실험 끝에, 나는 나름대로의 생존법을 터득했다. 마치 생존 수영과 같은 것이다. 물에 빠졌을 때 낙엽 자세를 취하면 체력 손실을 최소화하고 물에 오래 떠 있을 수 있듯이, 나는 지속가능한 백수생활을 위한 생존법을 찾아냈다. 바로, 1500원 식단이다. 백수의 생활을 최대한 늘리기 위해 최소 비용의 선을 지키는 가운데, 건강 유지를 위한 최대의 영양을 뽑아내려는 노력의 일환이다.

쌀 100g 정도면 공깃밥 한 그릇이 나오는데, 쌀의 가

격으로 따지면 한 공기에 200원가량 된다. 노브랜드 김치를 반찬으로 300원어치 정도 먹는다 치면, 메인 반찬을 만들 수 있는 돈이 한 끼에 1000원 정도다. 세끼에 3000원 정도로 해결할 수 있도록 메인반찬을 궁리한다. 이를테면 김치찌개를 3000원 이내로 끓여 세 끼에 먹으면 견적 안에 들어온다. 돼지고기 뒷다리를 최저가로 구매하고, 두부를 반 모 정도 넣고, 양파 절반과 파 조금을 넣는다. 어떻게든 꾸역꾸역 줄이다 보면, 1500원 식단이 가능해진다. 탄수화물, 단백질, 지방, 그리고 야채들. 제법 균형이 잡힌 한 끼다.

비용의 한계로 인해 레시피를 지켜가며 요리하기란 불가능에 가깝다(대다수 자취생이 공통적으로 처하는 문제겠지만).집에 국간장, 양조간장, 진간장, 굴소스 따위를 각각 갖추고 있을 리 없다. 인터넷 레시피는 기계적으로 "국간장을 한 스푼 넣어주세요, 김치를 들기름에 달달 볶아주세요"라고 지시하지만, 그것은 맛을 극대화하는 방법이지 나를 위한 방법이 아니다.

약간의 불만을 토하자면, 인터넷 레시피는 국간장이 음식에서 어떠한 역할을 하는지, 소금 등으로 국간장을 대체해도 좋은지 알려주지 않는다. 국간장의 역할은 향인가, 짠맛인가, 빛깔인가. 더 검색을 해보면 무언가 나오겠지만, 귀찮음을 이길 수는 없다. 나는 비용과 건강을 고려하여 적절히 대체한다. 간장을 넣으라 했지만, 그만큼의 염분을 얻을 수 있는 소금을 첨가해도 되겠지. 돼지고기 목살을 넣으라고 했지만, 그만큼의 단백질과 지방을 얻을 수 있는 돼지고기 뒷다리로 대체하면 되겠지. 김치를 볶으라고 했지만, 어차피 영양소는 그놈이 그놈일 테니 볶지 말고 대충 끓여야지. 그렇게 소소해 보이는 지시 몇몇을 생략하면, 요리라기보다는 유기물 덩어리에 가까운 존재가 탄생한다.

그 지점에서 혼자 하는 요리의 장점은 '그럼 뭐 어때?'가 가능하다는 점이다. 두부를 치킨무 사이즈로 잘라도 괜찮고, 대파를 한가득 넣어도 괜찮다. 찌개를 오래도록 끓여서 재료들이 흐물흐물해져도 괜찮다. 나의 기준은 적당한 영양소를 입에 넣을 수 있을 정도로 조리할 수 있느냐에 있고, 그 기준에 부합하기만 하면 뭐든 괜찮다. 맛이 가져다주는 즐거움은 부족하지만, 그 요리는 제 나름대로 다른 즐거움을 나에게 가져다준다. 오로지 나의 기준에 맞춰 나 스스로가 상황을 통제하고 있다는 느낌. 통제감이다.

내가 먹고 싶은 음식을 직접 만들고 있다는 느낌은 내게 온전한 성취감을 가져다주고, 내가 나의 시간을 온전히 통제하고 있다는 느낌은 내게 안정감을 가져다준다. 요리에만 해당하는 사항은 아니다. 낮잠을 잘까, 말까. 드라마를 볼까, 영화를 볼까. 게임을 할까, 책을 읽을까. 청소를 할까, 하지 말까. 생활의 모든 행동들이 내가 원하는 대로 이루어지고 그 책임을 온전히 나 혼자서만 질 수 있다고 하는 감각은 최고다.

나의 결정에 대해 누군가가 평가하거나, 타박하거나 하는 일 없이 모든 것이 나를 중심으로 이루어진다고 느끼는 감각. 통제감은 즐거움이자 회복이다. 늘 평가를 당하던, 늘 상대의 기준에 맞춰서 해야 했던 광고일과는 정반대의 일이다. 타인을 위한 거창하고 대단한 일이 아니라 나를 위한 보잘것없는 소소한 일. 그것이 나를 회복시킨다.

따지고 보면 회사생활이나 백수생활이나 일상은 크

게 다르지 않았다. 열아홉 살부터 쭉 자취생이었고, 나의 일상은 내가 원하는 대로 꾸릴 수 있었다. 하지만 예전의 나의 일상은 나의 것이 아니라 회사생활을 위한 일부였다. 집 청소나 요리 따위는 회사생활을 하고 나서 남는 시간에 하든지 말든지 하는 것이었다. 그때의 중심은 회사생활이었고, 백수생활의 중심은 오로지 나의 일상이다. 같은 상황이지만, 삶의 중심이 바뀌니 느끼는 바가 달라진다.

통제감을 부정적인 형태로 쭉 강화시킨다면 내가 싫어하는 모습이 될 것이다. 업무와 상부지시의 스트레스를 아랫사람을 통제하는 형태로 해소하는 사람들. 타인을 평가하고 재단하고 지시하고 타박하는 형태로 자신의 우월감을 확인하는 사람들. 외할아버지가 그러했다. 자신에게도 타인에게도 가혹하리만치 엄격한 사람이었다. 그는 자신이 원하는 대로 자식들이 행동하지 않는다고 항상 화를 내고 있었다. 누군가를 비하하고 공격하는 형태로 자신의 불안을 해소하고 있었다. 한밤중에 갑자기 연락하여 욕을 섞은 지시를 내리곤 했다. 그것이 그가 살아가는 방법이었으리라. 격한 지시와 평가로 타인을 통제하고 있다는 느낌이 그가 그로 살아가는 방법이었으리라. 돌이켜보면 그는 요리를 한 적이 없다. 대신 사람을 요리했다.

그들을 생각하며 통제감이란 즐거움을 어떻게 다루어야 할지 생각한다. 나 역시 외할아버지 밑에서 자라며 그의 형상을 많이 닮아갔을 것이다. 시간 약속에 민감한 나의 모습이나, 타인에게 자주 실망하는 나의 모습이나, 타인을 평가하고 재단하는 나의 모습을 보고 있으면 자칫 나도 나쁜 독재자가 될 수 있으리라 겁이 난다. 그것을 경계하며 통제감이란 녀석을 살핀다. 통제감이 가져다주는 즐거움을 누리되, 아주 조심히 나를 위한 형태로만 사용할 수 있게.

내가 통제감을 누릴 수 있는 공간은 딱 내 집과 내 주방이면 족하다. 온전히 나를 풀어놓고 나의 기준대로 내 멋대로 해도 좋은 공간과 시간들. 타인과 공유하지 않고 오로지 나 혼자 독재하는 상황들. 조심스레 그 즐거움을 찾아간다. 과해지지 않게. 딱 즐거울 정도로. 타인에게 피해를 주지 않는 선에서. 내가 독재해도 좋은 나만의 왕국을 만들어간다. 오늘도 나는 주방에서 탄생한 정체불명의 괴물에 요리라는 이름을 붙이며, 온전히 공기를 장악하고 있다는 감각을 즐긴다.

나는 '파이브 스타 스토리'를 좋아합니다

트위터에서 조리돌림은 일상이다. 무언가 비난하거나 조롱할 거리를 발견하면 캡처하여 사방에 퍼뜨리며 화를 내거나 흉을 보고 비꼬아댄다. 나는 트위터를 하지는 않고 때때로 구경만 하는 쪽인데, 트위터에 들어가 보면 언제나 무언가에 대해 분노를 토하거나 조롱하며 낄낄대는 글들이 있다. 언젠가 트위터에 들어가서 보니, 어떤 남자의 연애 앱 프로필을 두고 사람들이 쯧쯧 혀를 차고 있었다.

그의 프로필은 어떤 단어들을 길게 늘어놓은 형태였

다. 서울 소재 중상위권 모대학, 봉준호, 박찬욱, 마틴 스코세이지, 쿠엔틴 타란티노 등 영화감독의 이름들, 이태준, 이상, 백석, 김상옥, 밀란 쿤데라, 프란츠 카프카, 가브리엘 마르케스, 조지 오웰 등 작가의 목록들, 그 밖에도 에곤 실레, 고야, 클림트, 최민식, 김기찬, 블러, 콜드플레이, 장기하와 얼굴들, 도끼, 들국화, 이매진 드래곤즈, 레드핫칠리페퍼스, 검정치마…… 아, 그의 프로필에 담긴 길고도 긴 취향의 목록들에 나 역시 피식, 하고 실소가 나왔다.

다른 말이 필요 없었다. 적당히 알려져서 사람들이 이름은 알고 있지만 그 내용을 제대로 파는 사람은 많지 않은 것들의 목록. 전통적인 고전과 최근의 트렌드(그냥 대중적인 것 말고, 적당히 대중들이 이름만 알고 있는)를 두루두루 섭렵하고 있다는 자신감. 안쓰러웠다. 그는 저 수십 개의 단어로 고함을 지르고 있었다. "나는 지적이며 깊이가 있으되 트렌드를 놓치지 않는 사람이다!" 더불어서 그는 그러한 취향이 이성에게 어필할 것이라고 생각하는 사람이다. 그의 마음이 안쓰럽기도 하다가 한편으로 얼굴이 발개지려 했다. 어라? 이거, 나인데?

오해하지는 마시길. 내가 연애 앱에 저런 프로필을 올렸다는 뜻은 아니다. 그의 취향이 상당 부분 나와 겹친다는 의미다. 나도 봉준호나 쿠엔틴 타란티노의 영화가 좋고, 카프카나 조지 오웰 책이 좋고, 고야나 클림트 그림이 좋고, 검정치마 노래가 좋은데, 나도 저렇게 못난 사람인가? 사문하며 멈칫한다. '무언가를 좋아하는 마음이 문제가 아니라 좋아하는 것을 드러내어 사람들에게 호감을 사고자 하는 방식의 천박함이 문제야'라고 살짝 말을 돌릴 수도 있다. 하지만 그 대목에서도 나는 크게 다르지 않다.

누군가가 "평소에 주말에는 뭐 하세요?"라고 물어봤을 때, 나는 고민하다가 "음…… 별것 안 하는데, 굳이 꼽자면 책 읽어요"라고 답하곤 했다. "인생 책을 한 권 꼽으라면 뭘 선택하실래요?"라고 되물어보면, 그때그때 다르기는 했지만 대체로 나의 대답은 "도스토예프스키의 『까라마조프 가의 형제들』이요"나 "에밀 아자르의 『자기 앞의 생』이요"였다.

아…… 저 연애 앱 프로필을 올린 분과 내가 무엇이 다르단 말인가. 물론 『까라마조프 가의 형제들』은 명작이고 나는 그 책을 읽으며 몇 차례 눈물 흘리기도 했다. 아는 사람은 알겠지만 그 책은 매우 두꺼운데, 나는 세 번 정도 읽었다. 그런데 생각해보면, 세 번 중 두 번은 대학교 수업 때문이었다(나는 러시아어문학과 출신이다). 대학교 때 이후로 십여 년의 세월 동안 한 번도 그 책을 펴보지도 않았다.

사실, 시간이 나면 책보다는 만화를 본다. 내 여가 시간의 대부분은 인터넷 커뮤니티들과 웹툰으로 소모된다. 『까라마조프 가의 형제들』은 세 번 읽었지만, 네이버 웹툰 『덴마』는 일고여덟 번은 정주행했으며(『덴마』는 『까라마조프 가의 형제들』 못지않게 긴 스페이스 오페라 웹툰이다), 『약한 영웅』이라는 고딩들 싸움 웹툰과 『가담항설』이라는 판타지 웹툰을 즐겨본다. 아주 어릴 적에는 『파이브 스타 스토리』라는 장편 로봇만화에 푹 빠져서 지냈다.

하지만 누군가가 나에게 좋아하는 문화 콘텐츠를 물어볼 때, 나는 『덴마』나 『파이브 스타 스토리』를 꼽지 못한다. 간혹 『까라마조프 가의 형제들』 말고 『덴마』를 말할 때도 있으나, 『까라마조프 가의 형제들』을 말하면 너무 고루하고 재미없어 보일까 봐 웹툰 얘기를 꺼내는 것이다. '나는 고전만 읽는 고루한 사람이 아니에요. 두루두루 넓게 문화를 즐기는 사람이에요'라는 것을 드러내기 위한 소재로 『덴마』를 사용하는 것이다. 앞의 프로필에서 백석과 이매진 드래곤즈의 갭과 같다. 이러한 연유로 나는 저 연애 앱의 그분과 같다. 드러내기 위한 취향, 취향으로 자신을 포장해보려 하는 그 안쓰러움. 속물 근성. 지적 허영.

그와 내가 다른 점이 있다면, 그는 자신의 속물 근성을 드러내는 데 주저함이 없고 나는 그것을 드러내는 것을 부끄럽게 여긴다. 나는 내가 드러내지 못하는 면모를 만천하에 드러내는 그를 바라보며 혀를 찬다. 그러면서도 누군가가 은근하게 나의 취향을 알아주기를 바란다. 내 욕망은 여전히 내 안에 갇혀 있고, 이를 어떻게 드러낼지 몰라 우물쭈물하고 있다.

그와 나의 무게중심을 생각한다. 그의 무게중심은 자신의 욕망을 드러내어 충족하는 데에 있고, 나의 무게중심은 스스로를 억압하는 데에 있다. 어떤 식으로 살아도 제 스스로 편하다면 무슨 문제가 있겠냐만은, 내 스스로가 편하지 않아 스스로 번민하며 괴롭고, 그게 타인을 비하하는 형태로 나타나는 것이 문제다. 나는 나를 억압하는 만큼 남을 비하한다. 품위로 자신을 포장하고 천박함이라고 남을 평가한다.

아주 조금씩 나의 무게중심을 저쪽으로 옮겨본다. 나의 수준 낮은 욕망을 조금씩 드러내는 연습을 한다. "나 『가담항설』 되게 좋아해요." "나 『파이브 스타 스토리』 엄청 좋아했어요." 이런 참 시답잖은 말을 한다. 그것이 나니까. 나의 무게 중심은 나여야 하니까. 사실 『파이브 스타 스토리』를 좋아한다고 수준 낮은 것이 아니라, 『파이브 스타 스토리』를 좋아한다는 사람을 수준 낮은 치로 보는 것이 문제일 것이다. 그리고 그게 혀를 차는 나의 모습이기도 하다.

남을 평가하지 않고, 남에게 평가받을까 두려워하지 않고, 내 욕망을 자연스레 드러낼 수 있을까. 어려운 일이 아니면서도 참 어려운 일이다. 언젠가는 스스럼없이 이야기할 수 있을까. 사실 『파이브 스타 스토리』를 너무 좋아하고, 『덴마』를 좋아한다고.

나는 나와 잘 지내고 싶다

●
○

내 안에는 수많은 내가 있다. 비단 나만의 이야기는 아닐 것이다. 당신도 그러할 것이다. 사람을 만날 때만 해도 지위가 높은 사람을 만날 때의 나와 어린아이와 마주할 때의 나는 다르다. 혼자 있을 때의 내가 다르고, 피곤할 때의 나와 상쾌한 기분일 때의 나는 완전히 다른 메커니즘으로 움직인다. 개중에는 좋은 놈도 있고 나쁜 놈도 있고 이상한 놈도 있다.

그런 '나들'을 모두 소중하게 아껴야 하겠지만, 자식들 중 더 뿌듯하여 자랑하고픈 녀석이 있듯이 밖에 드러내어 자랑하고 싶은 내가 있고, 숨겨놓아 남에게 절대 드러내고 싶지 않는 내가 있다. 예전에는 내가 싫어하는 '나들'을 억누르거나 속으로 감추어 기만하고, 내가 좋아하는 나의 모습만 밖으로 드러내려 했으나, 의지로만 가능한 일이 아니다. '나들'은 나의 의지와는 다르게 움직이는 아이들이다. 이들을 통제하는 짓을 그만두고, 드러내어 다독인다. 앞쪽에서 한 이야기들은 결과적으로 아이들을 다독이는 과정에 대한 이야기다.

그리고 내가 드러내고 싶은 아이를 만나기 위해 노력한다. 노력하여 사람을 만나듯, 노력해야지 내가 좋아하는 나를 만날 수 있다. 마치 대학생의 짝사랑과 닮은 노력이다. 대학시절에 나는 누군가를 짝사랑했는데, 우연히 다른 누군가에게서 그녀의 수강신청 계획을 듣게 되었다. 나는 그녀와 강의를 완벽히 맞추면 티가 날 것만 같아서 적당히 서너 개 정도의 수업을 맞춰서 수강신청을 했다. 우연한 척 '어? 너도 이 수업 신청했어? 같이 들으면 되겠다'라고, 이 한마디를 하고 싶었다. 그때의 나와 지금의 나는 크게 다르지 않다. 그때의 나는 그이와 만나고 싶어서 환경을 조절하려 했고, 지금의 나는 내가 좋아하는 나를 만나고 싶어서 나와 만나기 좋은 환경을 만든다.

이를테면 나는 친절하고 유머러스한 나이고 싶다. 그런 나는 아주 가끔 튀어나온다. 내가 좋아하는 사람들과 만나는 상황이어야 하고, 그때 나의 체력이 가득해야 하고, 이전에 사람을 많이 만나지 않아서 외로움 지수가 상한가를 치고 있어야지, 친절하고 유머러스한 내가 튀어나온다. 셋 중 하나만 부족해도 다른 내가 튀어나온다. 내가 좋아하는 사람을 보고 있어도 체력이 바닥이면, 비관적이고 우울한 내가 튀어나오려 한다. 녀석을 억지로 누르고 있느라 나는 영 편안하지가 못하다. 그래서 나는 사람을 만나는 순간을 줄이고, 사람을 가려 만나고, 만나는 시간을 조절한다.

특히 중요한 것이 체력이다. 체력이 바닥나면 내 바닥의 감정이 고스란히 드러난다. 이전 회사에서는 항상 짜증이 가득해서 표정이 굳어 있었다. 작은 일로 토라져서 동료들에게 말 한마디 않고 모니터만 보고 있을 때가 많았다. 누가 봐도 피곤한 사람, 아니 주변을 피곤하게 하는 사람이었다. 얼굴 근육을 움직여 웃음을 지을 체력이 없었기 때문이다. 항상 체력이 없는 상태다 보니 나는 피곤한 사람, 그 자체로 고정되어버렸다.

나는 좋은 사람이고 싶었는데, 좋은 사람이기 위해서는 체력이 필요했다. 그런데 나는 체력을 기르기 위한 체력이 없었다. 헬스가 되었든, 필라테스가 되었든, 수영이 되었든 어떤 운동이라도 할라치면 운동을 위한 체력이 필요하다. 하지만 회사생활을 하는 내내 야근을 거듭하며 마지막 남은 체력 한 방울까지 쥐어짜서 일에 쏟아부어야 했는데, 운동에 쓸 체력이 남아 있을 리 없었다.

오래 쉬며, 몸에 힘이 남아돌면서 비로소 나는 나이키 트레이닝 앱을 켤 수 있었다. 앱의 지시에 따라 플랭크를 하고 버피를 하고 요가 푸시업을 한다. 몸이 건강해지고 일상에 활력이 생기는 것도 중요하지만, 그에 못지않게 내가 원하는 나를 더 잘 드러내고 싶다. 사람들에게 항상 친절한 나. 상대방의 실수를 허허 웃으며 넘어갈 수 있는 나. 남의 감정을 받아줄 수 있는 넓은 품을 가진 나. 내가 밖으로 보이고 싶은 긍정적인 나. 이는 마음의 여유가 있어야 가능한 일인데, 마음의 여유가 있기 위해선 일단 체력의 여유가 있어야 한다.

언젠가 한 정신과 의사가 내게 해주었던 말을 떠올린다. "어떤 감정을 쓰지 않다 보면 그 감정은 점점 말라간다. 계속 그 감정을 쓰지 않다 보면 그 감정은 말라서 죽는다"라고 그는 말했다. 그의 부정적인 말을 뒤집어서 다시 생각한다. 감정을 쓰다 보면 그 감정이 점점 고양된다고. 그 말에서 희망을 본다. 내가 좋아하는 나를 자주 만나고 그 나를 갈고닦다 보면, 그런 나의 지분이 늘어날 것이다. 그래서 내 안에 있는 수많은 '나들' 가운데 그 녀석을 가장 앞에 세울 수 있을 것이다. 그리고 그 녀석과 친해지면 지금처럼 힘겹게 녀석을 불러내는 것이 아니라, 동네친구를 불러내듯 수이 그 녀석을 불러 세울 수 있을 것이다. 그래서 나는 운동을 한다. 탄탄해지는 몸은 덤이다.

나의 네 시간짜리 '관계 체력'

나의 '관계 체력'은 네 시간 정도의 분량이다. 누군가와 함께한 지 네 시간쯤 지나면 자동차가 퍼지듯 머릿속에 경고등이 켜지고 멘탈이 털털거리기 시작한다.

"반갑습니다. 서덕입니다."

시작은 늘 적당히 경쾌하다. 반사적으로 사람 좋은 미소를 짓고, 자동적으로 눈치 스킬이 발동한다. 예의 바르고 선한 태도를 기조로 하여 상대방에게 어떻게 맞춰야 할지를 고민한다. 그렇게 몇십 분 정도 나의 태도는 이어진다. 하지만 이 눈치 스킬은 연비에 매우 악영향을 끼친다. 사람의 숫자가 많을수록 더더욱 연비 효율은 나빠진다. 복합 눈치를 봐야 하니까. 그러다 몇 시간 뒤에는 파국이 온다. 뚝 하고 관계 체력이 방전되어 아무 말도 하지 않는 순간이 온다. 그때부터는 체력을 쥐어짜서 아무 말을 지껄이든가 무표정 무기력 무대꾸로 쭉 간다. 방전이다.

싫은 사람이라서, 낯선 사람이라서, 불편한 사람이라서 그런 것이 아니다. 사람과 함께 지내는 시간 자체가 피곤하기 때문이다. 마음 편한 친구와 함께할 때면 소진 속도가 더디지만, 그래도 체력은 계속 소모된다. 낯선 사람이나 맞지 않는 사람이라면 소진 속도는 더욱 빨라진다. 이를테면 외부업체와 첫 만남을 가지는 미팅 자리라든가 칭찬에 목마른 회사 임원과는 한 시간만 같은 공간에 있어도 기력이 쇠한다. 정신은 외부와 통하는 창의 셔터를 내리고, 그때부터 나는 물미역이 된다. 상대의 말에 "아 그렇구나, 역시"라고 영혼 없는 리액션을 하며 흐느적댄다. 말이 나오면 그쪽에 착 붙었다가, 다른 말이 나오면 그쪽에 착 붙었다가, 아무 말도 없으면 가만히 제자리로 풀썩. 표정 관리고 뭐고 빨리 들어가 쉬어야 하는 타이밍이다.

난감하긴 하다. 완전히 혼자서 살고 싶은 사람은 아니니까. 사람과 함께하는 즐거움은 중요하다. 눈빛을 나누고 소소한 대화를 나누고 잡스러운 웃음을 나누는 것은 삶의 필요조건이다. 욕심대로라면 네 시간은 너무 짧다. 저 술자리에 빠지면 안 될 것 같고, 저 사람 만나봐야 할 것 같으니까.

그러나 누군가와 카톡을 하다 오늘 저녁에 보자고 약속을 잡아놓고서도, 저녁에 약속 장소로 향하고 있으면 어깨가 쑤셔서 돌아가고 싶은 마음만 가득할 때가 많다. 또 일주일 전 약속을 잡을 때는 좋았는데 당일에는 이미 일주일치 정신 체력을 다 써버려서 취소가 되길 간절히 바라기도 한다. 괜한 조급함에 약속을 두 건 연이어 잡았을 때가 최악이다. 첫 번째 약속을 어떻게든 끝내고 두 번째 약속으로 갈 때 이미 나의 영혼은 저 멀리 집에 가 있다.

오래 나를 지켜본 친구들은 이런 나의 모습을 안다. 같이 여행을 가면, 나는 처음 서너 시간 신나게 떠들다가 어느 순간 말수가 줄어들며 표정이 굳는다. 녀석들은 그러려니 하고 저들끼리 수다를 떤다. 녀석들 나름대로의 배려일 터이다. 나는 영혼이 나가서 멍하니 쉬다가, 또 저녁쯤 되면 다시 관계 체력이 돌아와서 말을 잇는다.

이런 내가 마음에 들지 않아서 이리저리 바꿔보려고 수를 썼으나, 결국 깨달은 건 지금 이야기한 나의 한계치뿐이다. 내가 누군가와 함께 계속 화목하게 얘기할 수 있는 건 하루 딱 네 시간이라는 것. 그 네 시간을 어떻게 효율적으로 활용할지가 더 중요한 과제다.

이를테면, 회사에서는 최소 여덟 시간, 최대 스무 시간 사람과 함께 지내야 한다. 회사에서의 나는 네 시간을 얇게 펴서 늘린다. 웃는 얼굴을 줄이고, 말수를 줄이고, 대화에 영혼을 뺀다. 그렇게 관계 밀도를 낮춰야만 회사에서의 시간에 덜 방전될 수 있다. 중간에 외부업체 미팅이라도 끼면 체력이 훅 가버린다. 그렇게 되면 긴급하게 카페라도 가서 혼자의 시간을 충전해야만 한다. 안 그러면 또 퍼진다.

몸은 멀쩡한데 정신적으로 너무 피곤해서 당신을 만날 수 없다고 남에게 말하기란 참 어려운 일이다. 나에겐 아주 중요한 사유이지만, 우리나라 정서에서는 통용되지 않는 핑계다. '너를 만나고 싶지 않다'가 아니라 '지금 이 컨디션에서 너를 만나고 싶지 않아'인데, 그렇게 말하고 나면 나는 그나마 몇 안 되는 지인들을 잃을 것이다.

하지만 타인에게 그런 말을 못 하고 핑계를 댄다고 해도, 적어도 나는 나를 이해해야 한다. 사람을 싫어하는 게 아니라 내 정신 체력이 부족한 것이고, 정신 체력을 키우기 위해 이리저리 노력해보지만, 그게 안 된다면 무리하지 말자고. 그래야지 나를 지키고, 남과 있는 그 시간을 밀도 있게 보낼 수 있을 거라고. 그렇게 나의 선을 알아간다.

'착하다'는 포장지를 걷어내고

학창시절 나의 친구 중 한 명은 판치기의 달인이었다. 그는 크고 유연한 손가락을 타고났고, 살짝 말아둔 교과서 한 권과 백 원짜리 동전 하나로 매일매일 몇 천 원씩 벌어들였다. 나는 녀석에게 500원쯤 투자하여 3~4000원의 배당금으로 돌려받곤 했다. 도박 수익으로 우리는 매일같이 풍족한 피시방 생활을 즐겼다. 학원을 가야 할 시간에도 게임을 즐기곤 했는데, 결국 사달이 났다. 참다 참다 폭발한 학원 선생님이 양쪽 집으로 전화를 걸어 모든 실상을 폭로한 것이다. 이해는 한다. 당시 우리 시간대 수학과목 수강생이 딱 두 명이었는데, 그 두 명이 피시방 간다고 매번 학원을 빼먹었으니. 텅 빈 학원 교실에서 선생님은 얼마나 허무했을까.

화가 난 외할머니는 나를 혼내고서, 친구의 집에 전화를 걸어 친구의 어머니에게 화를 냈다. 그 집 아이가 착한 덕이를 꼬여내서 나쁜 길로 인도했노라고. 착한 우리 덕이 어떡할 거냐고. 나는 민망해졌다. 피시방에 가자고 한 것은 나였기 때문이다. 진짜 나의 모습과는 별개로, 외할머니에게 나는 항상 착한 아이였다.

외할머니는 나에게 입버릇처럼 '착하다'라고 말했다. 팔다리를 주물러 드리면 "아이고, 착하다" 하고 칭찬했고, 무언가 어르고 달랠 때면 "착하지. 착해" 하고 추켜세웠다. 동네 사람들이 "그 집 아이들 참 착하다"라며 할머니에게 칭찬을 하면 어깨가 으쓱하여 가족들에게 일러주곤 했다. 몰래 피시방에 갔어도, 착한 내가 주동했을 리 없고 나쁜 친구가 물들였다고 생각하는 분이었으니 나는 정말이지 착한 사람이 되어야 했다.

그리고 시간이 흘러 나는 착하다는 소리를 제법 많이 듣는 어른이 되었다. 나는 기침이 나올 때 타인에게 피해가 가지 않도록 팔의 안쪽으로 입을 막았고, 쓰레기를 함부로 버리지 않았다. 나는 세이브더칠드런에 매달 몇 만 원씩 기부했다. 물론, 이렇다고 해서 정말 착한 사람일 리 없다. 어딘가에서 나는 꽤 나쁜 사람이었을 것이다. 다만 나는 항상 주변인들에게 착한 사람이려 노력했고, 착한 사람이라는 평을 자주 들었으니 아주 나쁜 사람은 아니었으리라 짐작한다.

여기서 문제는, 내가 진정으로 착한 사람이 아니었다는 점이다. 나는 만들어진 착한 사람이었다. 착하다는 칭찬을 받고 싶은 사람이었다. 화가 나지 않는 것이 아니라, 화가 나더라도 꾹 참는 사람이었다. 근본부터 착한 사람이라면 무한하게 착할지 모르겠으나, 나의 착함의 총량에는 한계가 있었다.

나뿐만 아니라 꽤 많은 사람에게서 착함의 총량이 느껴졌다. 회사에서는 착한 사람이지만, 가정에서 나쁜 가장을 나는 많이 보았다. 회사에서는 정말 나쁜 사람인데, 가정에서는 참 좋은 아빠도 있었다. 간혹 회사든 가정이든 아주 나쁜 사람도 있었는데, 그는 아마 자신에게는 좋은 사람이었을 것이다. 나의 경우는, 회사와 사회생활에서 남들에게 착한 사람이려 노력하다 보니, 나 자신에게 착하지 못했다.

남에게 착하다 보니, 나는 나의 욕망을 모르게 되었다. 오랜 시간 단련된 착함은 나의 욕망을 숨겨버렸다. '네가 웃으면 나도 좋아'라는 흘러간 노래가사를 아시는지. 남의 기준에 부합하려 상대의 즐거움만을 살피고 내 욕망과 즐거움을 눌러버리다 보면 제 욕망을 온전히 바라보지 못할 우려가 있다. 사람이 사람이 아니라 거대한 수동태가 되어버린다. 한 평생 아이만을 위해 살아가는 엄마가 자신의 욕망을 잊어버리는 것처럼, 타인에게만 의존하는 사람이 될 가능성이 있다. 그 엄마는 아이에겐 착한 엄마일 것이다. 아이에게만 착한 엄마일 것이다.

남에게 착하다 보니, 사람들이 많이 싫어졌다. 나의 착함은 조건부 착함이기 때문이다. 나는 사랑받고 싶었다. 상대방을 위해 내가 희생함으로써 상대도 나를 위해 희생해주길 바랐는데, 늘 나만 희생하고 있다는 느낌이었다. 나는 이타적인데 상대는 이기적이라는 느낌. 사실을 따져보면 그렇지 않은 경우들도 상당히 많았으나, 마음은 그러했다. 많은 주변 사람들이 이기적으로 보였고, 미운 사람이 점점 늘어났다. 그리고 미워하는 마음은 그 자체로 스트레스였다.

남에게 착하다 보니, 많이 비겁해졌다. 착함은 나의 우유부단을 숨긴다. 내 스스로가 무엇을 원하는지 몰라서 허둥지둥하는 순간에, 상대의 의사를 존중한다는 핑계로 우유부단을 포장할 수 있다. 혹은 어려운 선택에 직면했을 때 타인에게 결정을 떠넘겨서 심적인 책임도 떠넘긴다. 누군가에게 피해를 줘야 하는 선택을 해야 할 때, 내가 책임지지 않고 상대에게 책임을 떠넘긴다. 누군가가 나쁜 사람이 되어야 하는데, 스스로 나쁜 사람이 되기 싫어서 상대를 나쁜 사람으로 만드는 것이다. 착함 안에는 비겁함이 숨어 있다.

착함을 그만두고 마음대로 살겠다는 말을 하려는 것은 아니다. 착함은 민주사회를 살아가는 사람들에게 필수불가결한 덕목이다. 공동체 안에서는 상호 간에 배려하여 서로에게 피해를 최대한 덜 주는 것이 필요하다. 그리고 착함은 사람들에게 미움받지 않고 살아가기 좋은 방법이기도 하다. 나는 여전히 사람들에게 착한 사람이고 싶다. 다만, 착해서 괴로워지는 부분을 덜어내고, 나에게도 착한 사람이고 싶다. 그래서 매사에 착한 사람이 되려 하기보다, 대체로 착한 사람이 되고, 그만큼 나에게 착해지려 한다.

조건반사적으로 튀어나오려는 착한 행동을 나는 의식적으로 자제한다. 이를테면, 회사에서 누구도 하기 싫은 일을 누군가가 떠맡아서 해야 하는 상황에서 그러하다. “이거 누가 할래?”라는 말에 정적이 흐를 때, 예전의 나는 그 정적을 견디지 못하고 “제가 할게요”라고 말하곤 했다. 일을 떠맡아 하고 있으면 체계적으로 일을 나누지 않고 자원을 받아 일을 분배하는 상사가 미워졌고, 손을 들지 않은 다른 사람들이 미워졌다. 이제는 그 순간을 어떻게든 버텨내려고 한다. 해야 하는 상황이라면 당연히 해야겠지만, 하고 싶은 일과 해야 하는 일을 구분하기 시작한다. 착하고 싶으면 착한 행동을 하지만, 착해야 한다고 생각이 들면 일단 멈춘다. 억지로 선의를 쥐어짜는 행동을 자제한다.

착하다는 단어에서 내가 싫어하는, 나를 내가 아니게 하는 부분들을 걷어낸다. 그리고 그만큼 내가 원하는 것들을 채워 넣는다. 이를테면 나의 욕망. 작게는 내가 원하는 음식을 먹기 위해 상대와 투닥거리거나 무례한 상대방에게 화를 내는 것. 혹은 내가 싫어하는 사람에게 애써 친절하려 하지 않는 것. 착하다는 포장지를 걷어내고 나를 조금 더 드러낸다. 이를테면 비겁하고 비열하고 우유부단한 나의 모습이다.

어른스러운 행동은 아니다. 하지만 내 속에 아이스러운 마음이 있는 것을 속일 수는 없다. 아이를 드러내고, 그 아이가 성장하기를 기다릴 일이지, 그 아이를 어른으로 포장한다고 해서 어른이 되는 것은 아니다. 착한 어른이 되는 것은 두 번째다. 내가 되는 것이 첫 번째다.

사랑의 장인을 찾아서

나는 '사랑'이란 단어를 그다지 좋아하지 않는다. 그 단어는 너무 많은 의미를 뭉뚱그린다. 오후 두 시에 고양이를 바라보는 마음과 새벽 한 시에 고양이를 쓰다듬는 마음을 사랑이란 단어로 굳이 엮을 수도 있겠지만, 저마다의 감정을 온전히 담아내지 못한다. 가버린 누나에 대한 감정과, 연인에 대한 감정과, 너에 대한 감정과, 요조의 노래에 대한 감정과, 황정은의 소설에 대한 감정 따위는 사랑이란 말 언저리에 있으면서도 저마다 오롯이 다른 감정이다. 내 부족한 표현력 탓이겠지만, 내 감정을 말하며 '사랑'이란 부정확한 단어를 쓰게 될 때면 괜히 부끄러워진다(간혹 그 단어가 적확할 때도 있지만). 그것은 진심이 아니니까. 그저 진심의 근사치일 뿐이니까.

사랑을 애써 나누어 규정해보려 하는 까닭은 그 단어에 서툴기 때문이고 그 단어를 잘 모르기 때문이다. 이십대 시절의 어떤 친구는 내게 말했다. "그걸 왜 머리로 이해하려 하냐. 사랑은 느끼는 거다. 그냥 그 사람이 떠오르고, 잘해주고 싶은 마음이 들면, 너는 그 사람을 사랑하는 것이다"라고. 글쎄. 예전에 다녔던 회사의 상사 역시 매일 밤 꿈에 나타났고, 난 내 능력으로 그 사람의 마음을 사고 싶었는데, 그게 사랑이라면 그 감정은 참 기괴하기도 하다. 그 친구는 지금 삼십 대일 텐데, 여전히 그 정의를 믿고 있으려나.

다만 '몸으로 느낀다'는 그의 말에 대해 생각한다. 그 친구를 떠올려보자면, 아주 어렸을 적부터 부모나 다른 이들에게 사랑받고 있다는 느낌을 받았을 것이다. 부모가 그를 보며 기분 좋은 표정을 짓고 아껴주는 행위를 하며 그것을 사랑이라고 표현했고, 친구 역시 그 정의대로 사랑을 하며 행위가 자연스럽게 몸에 밸 때까지 반복했을 것이다. 아기 시절부터 머리가 굵을 때까지 계속 그러했을 것이다. 그래서 서로가 아낌을 주고받는 구조 안에서 편안함과 안정감과 행복감을 느꼈을 것이다. 노련한 목수가 수년간 노력을 거듭하여 나무의자를 만들고 다듬는 행위를 숨 쉬는 것처럼 자연스럽게 여기듯, 그는 사랑이 그 몸에 스며들어 사랑의 장인이 되었을 것이다. 사랑이란 단어를 어색하게 여기지 않는 이는, 전부 사랑의 장인일 것이다.

나의 자연스러움과 부자연스러움을 생각한다. 숨 쉬듯 편안하고 안정적인 관계는 내 몸에 배어 있지 않다. 내 몸에 배어 있는 것은 만들어내는 웃음과 적당히 거리를 두기 위한 미소, 욕망을 눌러서 드러내지 않는 마음가짐, 의무감에서 비롯된 연락, 결코 편안해지지 않는 관계맺음. 내가 누군가에게 사랑이란 단어를 내뱉었던 적도 있지만 나는 지난 나를 의심한다. 그것이 사랑이었을까. 그저 끌림 정도 아니었을까. 그리고 그 의심을 의심한다. 애써 나를 비하하려고 지난 나의 감정을 훼손하는 건 아닐까. 그렇게 의심은 의심을 의심하고 관계는 몸에 배어들지 못한 채 내 주변을 맴돌다 흩어진다. 사랑에 대한 과도한 기대감 때문일지도 모른다. 나는 사랑이란 관계를 제대로 배우지 못한 사람이고, 사랑을 보여주는 미디어들은 죄다 판타지였으니. 충족될 수 없는 판타지를 바라고 있는 것일지도 모른다.

관계의 소소함을 더듬어간다. 흘러가버린 옛 인연과 흘러가고 있는 지금 인연의 소소한 기억을 들춘다. 나를 괴롭혔던 큰 감정들 아래에 숨죽이고 있던 즐겁고 짜증나고 따뜻한 소소한 감정들. 이를테면 고양이와 나의 관계를 떠올려본다.

나는 길거리 출신 치즈태비 고양이를 키운다. 이름은 꽃비다. 녀석은 매우 흉포한 짐승이다. 내가 누워 있으면 체중을 실어 내 위로 뛰어내리기 일쑤고, 만져주면 기분 좋아 골골대다가도 갑자기 획 돌변해서 나를 물어뜯는다. 내 몸 곳곳에는 녀석이 남긴 흉터가 남아 있는데 이 중 몇몇은 수년째 흔적이 지워지지 않아 평생 남을 듯싶다. 녀석은 때로 귀엽고 때로 사랑스럽고 때로 가증스럽고 때로 우악스럽다. 녀석을 바라보는 나의 감정은 복합적이다. 이것은 사랑인가.

꽃비는 언젠가 나를 떠날 것이다. 지금 나이가 여덟 살 정도인데, 천수를 누려도 앞으로 십 년 정도면 헤어져야 할 것이다. 나는 녀석이 사라질 것을 상상하기만 해도 심장이 빠르게 뛰고 몸 한편이 저리는 듯하다. 꽃비가 없는 고요한 집을 떠올리면 괴롭다. 이것은 사랑인가.

그것이 꽃비가 아니였어도, 이를테면 고등어태비였어도, 삼색이였어도, 성격이 유순하였어도, 혹은 도도하였어도 나는 나의 고양이를 아꼈을 것이다. 꽃비가 아니라 빠냐, 베르, 연두, 호두 등의 다른 고양이었어도 나는 그를 아꼈을 것이다. 이 시점에 꽃비가 내 곁에 있었을 따름이다. 이것은 사랑인가, 아닌가.

언젠가, 신형철의 『정확한 사랑의 실험』에서 읽었던 구절을 생각한다. "'사랑은 이런 것이다'라는 정의는 무의미하다. '이것도 사랑이다'라고 말할 수밖에 없다"라는 문장을 나는 오래도록 입 안에서 굴렸다. 사랑을 정확히 정의 내리기란 어려운 일이지만, 신형철의 정의처럼 꽃비와 나의 관계 역시 사랑이라고 가정해본다. 녀석의 무례함과 건방짐은 나의 일상에 스며든 풍경이다. 몇 년을 함께하며 녀석의 털을 빗기고 간식을 바치고 서로 으르

렁대며 적대감을 표현하고 서로 가르릉대며 기대는 행동은 숨 쉬듯 자연스럽다. 나에게 사랑이란 자연스럽게 서로에게 녹아든 풍경인가. 꽃비와 투닥투닥 살아가듯, 다른 누군가와도 이런 관계가 가능할지 상상해본다.

마음의 문제 대부분은 고양이를 바라보면 답이 나온다. 사랑에 있어도 그러하다. 나는 녀석의 행동거지에서 나의 행동을 배우고, 녀석의 마음을 헤아리며 녀석을 닮아가려 한다. 나의 가까이에 있는 사랑의 장인에게서 사랑을 배운다. 꽃비는 나의 훌륭한 스승이다.

숨을 쉬게 해주는 사람

"야, 나는 왜 이렇게 병신 같을까?"

녀석에게 전화를 걸 때면, 나는 십중팔구 이렇게 말을 시작한다. 약간의 울음이 섞일 때도 있고 자조가 섞일 때도 있지만, 시작은 늘 병신 타령이다. 그리고 구구절절 병신 같은 이야기로 이어진다. 대부분은 이성에 대한 이야기다. "나는 그때 왜 그랬을까?" 혹은 "나는 그때 왜 그러지 않았을까" 따위의 허접스런 말들을 늘어놓는다.

녀석은 나의 화법에 익숙하다. 전화의 목소리만으로도 녀석의 입가에 비웃음이 깃드는 게 느껴진다. 16년째 친구로 지내며 넋두리를 들어왔으니 그럴 만도 하다. 얘기를 들으며 상황이 그려지면 녀석은 답한다.

"역시, 너는 정말 병신이다."

그 말에 나는 안도한다. 나는 병신같이 병신 같음을 이야기하고, 녀석은 늘 내 말을 그대로 받아들인다. 병신으로 받아들인다는 뜻이다. 녀석의 태도에 나의 병신 같음이 그저 병신 같음으로 느껴진다. 짓누르던 괴로움이 얼레리꼴레리 정도의 수위로 흩어진다. 덕분에 나는 부담없이 병신이 된다. 늘 그렇듯 나는 말을 잇는다.

"그래도 너만큼 병신은 아니지."

그렇게 서로의 흑역사를 들추어내며 '네가 병신이네, 네가 더 병신이네'라는 병신 타령으로 우리는 위로받고, 함께 편안해진다.

평소에 나는 병신•이란 단어를 쓰지 않는다. 옳지 않은 단어이기 때문이다. 나는 바르게 말하고 바르게 행동

• 병신이라는 윤리적으로 옳지 않은 단어를 쓰는 것이 계속 마음에 걸린다. 친구들과 있을 때는 순화시켜 얘기하려 노력하고 있으나 입버릇은 쉽게 고쳐지지 않는다. 옳고 그름에 대해 얘기하는 글이 아니라서 나를 온전히 드러내고자 그대로 적지만, 혹여 이 글을 읽으며 불편해하는 사람이 있을까 미리 사죄를 구한다.

하려 노력한다. 내가 좋아하는 사람 앞에서는 더욱 심해진다. 상대가 이런 말에 불편해하는구나 하고 인지하면 그 말을 자제하는데, 상대와 오랜 시간 함께할수록 금기어는 늘어간다. 그만큼 내가 상대에게 할 수 있는 어휘는 줄어들고, 상대에게 보여주는 나의 모습도 그만큼 앙상해진다.

내 안에 뿌리박힌 목소리들이 있다. '착하게 살아야 돼', '남에게 피해주지 말아야 해', '나쁜 말을 해서는 안 돼' 따위의 어른이 아이에게 훈계하는 말이다. 그 말들이 나를 조종한다. 험한 말을 하고 싶어 하는 아이를 다그치고 무례하고 싶은 나를 윽박지른다. 관성적인 착함에 대해 의식적으로 저항해보지만은, 착한 척하는 나는 쉽게 사라지지 않는다. 입에 머금은 금기어들은 내 안에 차곡차곡 쌓여 밖으로 나가고 싶어 한다. 착하고자 하는 나의 착하지 않은 부분. 그것들을 위한 숨구멍이 필요하다.

"병신." "꺼져." "싫어." "귀찮아."

내가 하고 싶은 말은 이 네 단어일 경우가 많지만, 이 단어들을 자주 꺼내지는 못한다. 그래서 이 네 단어를 스스럼없이 말할 수 있는 관계는 내게 중요하다. 저 네 단어를 주고받을 수 있다면 그는 나의 편한 친구이다(물론 편한 관계와 친밀한 관계는 다른 문제겠지만). 나의 병신스러움을 드러내도 괜찮은 관계이다. 착하지 않은 나의 모습과 나의 약점을 스스럼없이 드러낼 수 있는 관계. 평가받지 않는 관계. 그저 병신 같은 사람임을 그대로 받아들일 수 있고, 내가 병신 같은 짓을 해도 받아들일 수 있는 사람이다.

멋모르던 이십 대를 함께 보낸 녀석들이라 그러할 것이다. 대학교 초년생시절, 우리는 그저 술을 마시러 다녔다. 개개인마다 차이는 있었지만 우리는 대체로 가난했다. 한 사람이 용돈을 받거나 알바 비를 받는 날은 모두 함께 술을 마시는 날이었다. 마치 원시 공산주의사회 같았다. 모두가 경제적 수입을 공유하여 함께 지출하는 관계. 돈이 생기는 족족 함께 술을 마시는 데 썼으니 그것은 재화의 공유라고 할 만하다.

우리는 술을 마시며 서로의 못난 부분들을 오래도록 지켜보았고, 실망을 거듭하다 그 실망을 당연하게 여기는 관계가 되었다. 제각각 비겁하다거나 비열하다거나 못났다거나 거칠다거나 하는 부정적인 성질들을 그러려니 여기고, 유머러스하다거나 등신미가 있거나 노래를 멋지게 부르거나 섬세하다거나 하는 긍정적인 성질들을 그러려니 여길 수 있는. 상대의 부끄러운 바닥까지 공유할 수 있는 관계이다.

여전히 나는 병신이란 단어를 쓰는 나를 그리 좋아하지 않고, 내보이는 것을 좋아하지 않는다. 언젠가는 그런 단어들을 쓰지 않아도 좋을 내가 되기 위해 말을 가다듬으려고 애쓴다. 하지만 그런 내가 되기까지, 그런 말을 하고 싶은 내가 남아 있다는 것도 분명 사실이다. 그 녀석을 무턱대고 무시하고 억압할 수만은 없다. 그래서 나에겐 저 병신타령을 할 수 있는 친구들이 필요하다. 그 녀석들이 나의 악한 부분의 나의 숨구멍이다.

'고맙다'라는 말

●
○

나는 미안하다는 말을 많이 하는 편이다. "미안해요. 죄송해요"라는 말이 입에서 조건 반사처럼 튀어나온다. 병에 가깝다. 습관성 미안해 증후군이라고 명명할 수 있을까.

물론 '미안하다'는 아주 유용한 단어이다. 애인이 화가 났을 때, 싸움으로 번지기 싫으면 미안하다를 반복하는 것이 오래된 정석이고, 타인에게 폐를 끼쳤을 때에는 응당 미안하다로 사죄를 표현함이 마땅하다. 하지만 과한 것이 문제다. 나는 고맙다고 얘기해도 될 법한 상황에서도 미안하다고 말한다.

퇴근에 임박해서 갑자기 닥친 회사일 때문에 애인과의 약속을 한 시간 정도 늦춰야 되는 상황이 발생했다고 치자. 나는 연인에게 연락하여 약속을 다음으로 미룰까 물어본다. 여기서 서두는 '정말 정말 미안한데요……'일 것이다. 그녀는 한 시간 정도 기다리는 건 괜찮다고 한다. 나는 빠르게 일을 마친 후 헐레벌떡 뛰어간다. 카페의 구석자리에서 핸드폰을 만지작거리고 있는 그녀가 보인다. 기다리고 있던 그녀에게 나는 말을 건넨다. "기다려줘서 고마워요"가 아니라 "기다리게 해서 미안해요"라고. 시작부터 끝까지 미안함 범벅이 되어 나는 어쩔 줄을 모른다.

'기다려줘서 고마워'와 '기다리게 해서 미안해'는 거의 같은 말이지만, 간극이 크다. 고맙다는 말에는 '네가 나에게 호의를 베풀어주었다'는 전제가 깔려 있고, 미안하다는 말에는 '내가 너에게 폐를 끼쳤다'라는 전제가 깔려 있다. 애인이 흔쾌히 기다리겠다고 말한 상황에서 가장 적확한 말은 고맙다지만, 내 무의식은 미안하다는 단어를 선택한다. 폐를 끼치는 것에 대한 두려움이 더 크기 때문이다. 나는 남에게 피해를 주는 것을 싫어한다. 항상 누군가에게 피해를 주지 않으려 애쓰는 편이다(물론, 내가 모르는 사이에 나는 많은 이에게 민폐였을 것이다. 나의 마음가짐이 그러하다는 의미다).

반대로 나는 남에게 호의를 받거나 도움을 구하는 상황을 어색해한다. 어지간한 일은 누군가에게 도움을 구하기보다 혼자서 처리하는 편이다. 어쩔 수 없이 남에게 부탁할 일이 생긴다고 치자. 이를테면 인쇄광고의 디자인 수정이 필요해서 디자이너에게 요청을 해야 하는 상황이다. 당연히 요청할 수 있는 일이지만, 내 말 앞에는 필요 없는 군더더기가 붙는다. '미안한데'이다. "미안한데, 이 이미지 레이아웃 좀 다시 봐줄 수 있어?" 그럴 수 있는 말이지만, 그것이 습관이 되어 경향성을 가질 때에는, 내 안의 어떤 극단적인 부분을 드러낸다.

민폐를 끼치기 싫어하는 마음이 나쁘다고 할 수는 없지만, 극단적으로 생각이 쏠리는 것이 문제다. 나는 호의를 받을 만한 사람이 아니라고만 생각하는 낮은 자존감이 문제다. 영원히 백수생활을 하면서 나에게만 집중하며 살아간다면 신경 쓸 필요 없을지 모르지만, 혼자서 세상을 살아갈 수는 없다. 어떻게든 사람들과 부대끼며 살아가야 한다. 어떤 식으로든 세상과 민폐를 주고받고, 호의를 주고받으며 살아가야 한다. 그리고 나는 그 세상을 잘 살아내고 싶다.

"고맙다"라는 말을 의식적으로 해본다. 입에 붙지는 않는다. 시니컬하고 어두운 쪽이 나의 편이라 생각해왔기 때문인지, 고맙다는 나의 말은 낯간지럽게 느껴진다. 간지럽지만 계속 내뱉어본다. 누군가에게 작은 호의를 받았다고 생각될 만하면 "고맙다" 하고 말을 해본다. 그렇게 내 안의 미약하나마 밝은 부분을 키워본다. 내 안의 어두움을 조금씩 부정해가며, '나는 호의를 받을 만한 사람이야'라고 되뇌어본다.

'고맙다'는 말이 완전히 나를 바꿀 수는 없을 것이다. 세상 모든 사람이 자신을 좋아한다고 여기는 그런 사람처럼 될 수도 없을 것이다. 마냥 밝기만 한 자기중심적인 사람을 나는 좋아하지 않고, 그렇게 되고 싶지도 않다. 다만 균형을 생각한다. 피해를 주고받고 싶지 않아 사람들을 피하는 나와 호의를 주고받으며 사람들과 공존하는 나. 그 둘 사이의 균형을 생각한다.

살아가다 보면 습관성 미안해 병 환자를 왕왕 마주친다. 그들의 공손함 기저에 깔려 있는 어둠에 나는 동질감을 느끼고 연민을 느낀다. 폐를 끼치지 않으려 애쓰는 사람들. 그들에게 작은 부탁을 하고 "고맙다"라고 말해본다. 당신의 호의를 통해 다소나마 연결되어 있다는 느낌을 즐겨본다.

화를
잘 내고 싶다

이전의 생각은 이랬다. 연애를 할 때마다 불길한 예감을 품고 있었다. 시한부 연애라는 느낌이다. 언제나 끝을 상상하고 있었다. 나의 기저에 깔려 있는 버려지는 두려움 때문이다. '이 사람도 언젠가는 나를 떠나가겠지'라는 비뚤어진 마음. '이 사람도 언젠가는 나를 싫어하겠지'라는 부정적인 마음. 그래서 좋은 모습만 보여주려 애썼다. 화를 낼 엄두도 내지 못했다. 부정적인 모습을 보여주는 순간, 그녀의 마음이 상하고, 그녀가 나에게 실망할까 봐. 예상하는 파국이 올까 봐.

지금의 생각은 이렇다. 화를 내려 노력한다. '버려지면 어때'라는 마음으로. 상대만큼이나 내 감정도 아껴줘야 하니까. 상대방만 좋으라고 하는 연애가 아니라 나도 좋자고 맺은 관계니까. 나는 연애의 배경이 아니니까. 나 역시도 연애의 주체고, 나의 불편함을 어떻게든 해소해 줘야 하니까.

이전의 생각은 이랬다. 화를 내면 모든 것이 끝날까 두려웠다. 화는 문제를 이성적으로 해결하는 방법이 아니었다. 날것의 감정을 쏟아내어 관계를 끝장내는 방법이었다.

지금의 생각은 이렇다. 관계 개선을 위해 화를 낸다. 관계에서 생기는 마음의 상처를 상대에게 일러줌으로써 더 나은 관계를 만들어간다. 서로가 서로를 더 존중할 수 있도록, 화를 낸다.

이전의 생각은 이랬다. 상대가 나를 기분 나쁘게 하는 상황이 종종 있었다. 나는 참았다. 몇 번쯤 참으며, 마음 속으로 상대를 판단한다. '재는 그런 애구나. 역시 어쩔 수 없는 애구나.' 그렇게 실망에 실망을 거듭하며, 상대를 평가하고 있었다. 그렇게 내 마음속에서 상대를 멋대로 재단하고 있었다.

지금의 생각은 이렇다. 화를 내야 한다. 상대가 이런 행동을 할 때, 저런 말을 할 때 화를 낸다. 그리고 상대가 조금은 바뀌기를 바란다. 어쩔 수 없는 인간이라고 상대를 결론짓는 것은 나중 할 일이다. 관계를 이어나가는 동안에는 관계가 계속 나아지기를, 더 나은 사람이 되기를, 나도 상대도 서로에게 더 좋은 사람이 되기를 바란다.

생각은 바뀌었어도 여전히 나는 화를 잘 못 낸다. 못 낸다고 하는 것은 두 가지 뜻이 있다. 정말로 화를 내지 못하고 아예 꾹 참고만 있는 나의 모습이 하나. 화를 한 번 내게 되면 비이성적으로 마구 터뜨리고서 관계를 거칠게 마감하는 모습이 둘.

조금씩 마음을 드러내려 노력한다. 쉽지는 않다. 몇십 년간 해오던 행동 패턴을 바꾼다는 건 쉬운 일이 아니다. 상대도 불편해한다. 늘 조용하던 녀석이 어느 순간, 꼬치꼬치 작은 것들을 가지고 "이거 싫다. 저거 싫다"라고 하면 상대도 어떻게 대해야 할지 당황하리라. 아주 어렸을 적에 했어야 하는 일이었다. 부모와의 관계 속에서, 어떻게 해도 망가지지 않을 것이라는 확신이 있는 관계 안에서 투닥거리며 의사표시를 하며 배웠어야 하는 일이다.

나는 그때 그러지 못한 채로 성장해버렸다. 뒤늦으면 뒤늦은 대로, 그것을 이제 다시 한다. 나에겐 꼭 필요한 일이다. 더 잘 화를 내기 위해 노력한다. 언성을 높이고 고함을 지르는 게 화를 잘 내는 것이 아니다. 어떻게 화를 내야지 적절하게 나의 감정을 전달할 수 있을까. 어떻게 화를 내야지 상대방이 나의 감정을 잘 받아들일 수 있을까.

어디에 교본이 있는 것도 아니다. 사람마다 화를 내는 방식은 다를 것이고, 나에 맞는 적절한 방법을 찾는 것은 오로지 나의 몫이다. 서툴지만, 조금씩 주변인들에게 말을 한다. 화를 낸다. 잘 관계를 이어가기 위해. 나를 위해.

이별을 위한 언어

연인과 이별해야겠다고 마음을 먹었다. 2년을 훌쩍 넘은 관계였다. 언젠가 예전에도 이 사람에게 헤어지자는 말을 꺼낸 적이 있었다. 당시 서로 화를 내고, 울고, 밤거리를 터덜터덜 걷고, 울고, 전화를 걸고, 집 앞에서 얘기를 하며 봉합의 시간을 거쳤다. 이후에 서로 노력을 해보았지만 역시나 관계에는 억지가 스며 있었다. 헤어져야 할 이유는 많았다. 헤어지지 말아야 할 이유도 그만큼 많았다. 그것이 한쪽으로 기울었을 따름이다.

어떻게 헤어지자는 말을 꺼내야 할까. 말을 떠올려보

았다.

'서로의 미래를 생각해봤을 때, 헤어지는 게 서로를 위해서 맞을 것 같아요.'

처음 떠올린 말은 참으로 어른스러운 말이었다. 달리 말하자면, 비겁한 말이었다. 이혼을 맞이한 연예인의 기자회견 마냥, 본심을 감추려고 에두르는 말이었다. 그 포장에는 일말의 진심이 담겨 있을지 몰라도, 정확한 말은 아니었다. 미래에 대한 불길한 예감은 현재의 불만과 괴로움에서부터 출발했을 텐데, 근본적인 마음은 교묘하게 잘라내고 그럴듯한 말로 꾸미고 있었다. 진짜 거짓말을 잘하는 사람들은 사실 90에 거짓 10을 섞는다고 한다. 90프로의 사실로 가리는 진심. 진짜 같은 거짓말. 첫 말은 그런 변명에 가까웠다.

'제멋대로라서.' '나는 안중에도 없어서.' '나에게 너무 막 대해서.' '당신의 태도가 더 이상 마음에 들지 않아서.'

다시 떠오른 말은 나쁜 말들이었다. 상대를 평가하는 말이었다. 나의 마음을 온전히 바라보는 것이 아니라, 상대에게 전적으로 책임을 미루기 위한 말들이었다. 연애를 하며 잠깐잠깐 그런 마음이 들 때가 없지 않았으나,

그것이 전부는 아니었다. 좋은 마음이 들 때도 많았고, 여전히 연인을 보는 나의 마음은 복합적이었다. 그중에 평가질이라는 가장 나쁜 마음만 모아서 상대에게 전하고 싶지 않았다. 나는 헤어지고 싶은 거지 상처주고 싶은 게 아니었다. 헤어지며 상처받는 것은 어쩔 수 없으나, 격한 단어로 헤어짐의 상처에 또 다른 상처를 더하고 싶지는 않았다.

헤어짐에 있어 정확하게 말을 하려 노력한다. 완벽할 수 없는 일이다. 연인에 대한 감정은 너무나 다양한 결들이 뒤엉켜 있는데 그것을 어떻게 말로 다 늘어놓을 수 있을까. 특히 헤어지는 시점에는 더 복합적이고 양가적이기 마련이다. 그래서 예전에는 소통을 포기했었다. 늘 도망치듯 헤어졌다. 어느 밤, 가로등 아래, 멋쩍은 말 몇 마디. 아무렇지 않은 척 마음은 숨기고 옅게 미소 지으며 손을 흔들고 마무리. 그렇게 포기했었다. 이제는 그러고 싶지 않다. 어떤 식으로든 속마음을 풀어보려 노력한다. 그래서 더 정확한 말을 찾는다. 돌연하게 버리거나 버려지는 관계가 아닌, 관계의 원만하고 정확한 마무리. 그것을 바랐다.

비단 연애의 문제만이 아니다. 나는 늘 속마음을 감추고 도망치듯 관계를 정리하곤 했다. 이전에 퇴사할 때도 그랬고, 친구 관계에 있어서도 그랬다. 앙금이 남은 채 서서히 멀어지곤 했다. 시간이 지나면 기억은 희미해지고 감정만이 남는다. 내 안의 마음을 온전히 표현해야지 더 관계가 개선되든 명확하게 관계가 정리가 되든 했을 텐데. 애매모호한 관계들, 미적지근한 관계들을 유지하려고만 했다. 정확한 말로 헤어지는 것은 그런 지난 나의 습관에 대한 저항이다. 새롭게 살아가기 위한 노력이다.

다시 말을 떠올렸다. 연인과의 관계에 대한 나의 마음들을 천천히 떠올려보고 그중에 가장 진심에 가까운 단어를 찾아본다. 그리고 그 단어를 어떤 식으로 전달해야 상대방에게 정확하게 전달할 수 있을지를 생각한다. 그리고 어느 날, 서로가 좋아하는 연탄목살구이를 먹고, 커피를 마신다. 바래다주며 연인의 집 앞에서, 말을 꺼낸다. 연인은 말을 듣는다. 서로 다소 울고, 서로 잘 살기를 당부한다. 밥 잘 먹고, 하고 싶은 일을 하고, 건강을 챙기고,

행복하기를 기원한다. 그리고 돌아선다.

결국 마음속 모든 말들을 전하지는 못했다. 근사치에 가까웠기를 바랄 뿐이다. 2년 동안 노력했고 나의 한계를 알았다. 그리고 최선을 다해 마무리했다. 여전히 후회가 남지만, 세상에 후회 없는 일이 어디 있을까. 다만 만족한다. 함께하며 서로에 대해, 나에 대해 많은 것을 알아갔고 많이 성장했다. 상대도 그러했기를 바랄 뿐이다.

'힘내'라는 말,
'힘내'라는 사람

나의 연인은 자주 괴로워했다. 나는 괴로운 그녀에게 "힘내요. 잘될 거예요"라고 말하곤 했다. 연인의 괴로움은 시간이 흘러도 무뎌지지 않았고, 나의 힘내라는 말은 금세 무기력해졌다. 처음에 한 음절 한 음절 꾹꾹 눌러서 '힘내'라고 말을 건넸을 때에는 약간의 위로가 된 것도 같은데, 어느 순간 그 단어는 닳고 닳아서 내 입에서 부드럽게 쏟아져버렸다.

예나 지금이나, 나의 진심을 가장 정확하게 표현하는 말이 "힘내, 잘될 거야"지만, 그 말은 그녀에게 가닿지 못했다. 애써 다른 말로 바꾸어 표현해봐도 빈약한 내용물을 감추는 겉포장일 뿐이다. 진심은 전해지지 않았다. 아니, 그 진심은 의미가 없었다. 연인이 힘을 내기는 바라는 나의 마음은 의미가 없었다. 그녀의 아픔은 저 멀리 있었고, 나의 위로는 그 주변을 맴돌다 흩어졌다.

연인과 헤어지고 마음이 아팠다. 혼자가 된다는 것이 무서웠다. 사소한 일상을 미주알고주알 털어놓을 사람이 없어지고 나는 영영 골방에서 혼자일 것만 같았다. 힘들어하는 나에게 친구가 말했다.

"힘내라."

말을 들으니, 역시나 힘이 하나도 나지 않았다. 힘이 나지 않는데 어떻게 힘을 낼 수 있는지. 힘이 없어서 생기는 문제인데 없는 힘을 어떻게 만들어내는지. 내 마음은 허망한데 '힘내라'라는 말은 더욱 허망하여 죄다 허망하기만 한데.

생각이 흐르다가 그 말을 건넨 녀석의 마음과 의도를 떠올린다. '힘내라'라는 단어의 의미 따위 깊게 생각하지 않았을 것이다. 닳아버린 의미를 전달하고 싶기보다 어떤 마음이, 어떤 존재가 그곳에 있음을 전달하고 싶었을 것이다.

그거면 되었다. 그 허망한 말은 누군가의 마음과 나를 잇는 다리. 낡을 대로 낡았지만 이쪽에서 저쪽으로 가기 위해 의지해야 하는 길. 그 정도면 되었다. 그 말에 힘은 없지만, 그 말 너머에 사람이 있다. '힘내'라는 말보다 '힘내'라는 말을 하는 사람에게서 힘을 얻는다.

쉼은
왜 언어가 되지 못할까

언젠가, 이직을 앞두고 퇴사를 진행하던 직원 하나가 임원실과 상사의 방으로 불려 다닌 적이 있다. 퇴직원 때문이었다. 퇴직원 양식에는 퇴사 사유를 최대한 상세하게 쓰라는 지시문이 있었고, 그는 말 그대로 상세하게 써냈다. 그는 외국생활을 오래 한 사람이었고, '퇴사 사유를 상세하게 적으시오'가 요식적인 말인 줄 몰랐다. 상사와의 트러블, 회사 내부의 정치와 편 가르기로 인한 스트레스, 제 자리를 지키기에 급급한 구성원들의 비겁함, 행정을 위한 행정 등 회사에 마음이 떠난 이유를 조목조목 따져가며 적었다. 많은 질책을 들은 끝에 결국, 그는 '일신상의 사유'라는 한국적인 모범답안으로 다시 적어 퇴직원을 제출했다.

'일신상의 사유'라는 단어를 찾아보니 네이버 지식백과에서는 '노무수행상의 적격성을 현저하게 저해하는 사정이 근로자에게 발생하여 업무를 충분히 감당할 수 없게 된 경우'라고 한다. 터무니없다. 퇴직의 이유에는 회사에 대한 불만부터 개인의 여러 가지 사정까지 수많은 사유들이 있을 텐데, 일신상의 사유란 말은 많은 것을 개인의 책임으로 거칠게 압축해서 툭 던진다. 아주 틀린 말은 아니겠지만, 단어와 진실 사이의 거리는 서울대입구역과 실제 서울대 입구 위치만큼이나 멀다.

우리가 주고받는 합당한 이유는 왜 이렇게 폭이 좁을까. 우리의 공식 언어는 왜 이렇게 궁핍할까. 얼마나 많은 개인의 사유가 개인사유라는 단어로 사장되고 있을까. 회사에 문제가 있음을 드러내고 싶지 않거나 그 정도는 문제가 아니라고 생각하는 웃어른들의 마음은 알겠으나, 회사의 거의 모든 문제는 사라지고 개인의 문제만 남는다. 회사의 문제들은 대나무숲 같은 곳에서나 떠돌아다닐 뿐, 그곳에서의 말에는 공식적인 힘이 전혀 없다. 공식상에는 '일신상의 사유'라는 앙상한 단어 하나만 남는다. 기만이다. 그 거짓을 사람들은 사회생활의 덕목이라 한다.

내가 아는 몇몇은 다른 회사로 면접을 보러 다닐 때 '아파서 병원에 들렀다가 오겠다'는 핑계를 대곤 했다. 주로 장염이나, 위경련, 요통 등 겉으로는 티가 나지 않는 병명을 말했다. 담이 작은 사람은 집에 굴러다니는 약봉지 하나를 미리 챙겨서 보란 듯이 들고 회사로 복귀하곤 했다. 알리바이를 위함이다. '일신상의 사유'가 회사의 문제를 덮는 거짓이라 한다면, '병원에 다녀오겠습니다'는 개인의 사정을 덮는 거짓이다. 양자 모두 실체적 진실을 덮는다.

상사도 아랫사람이 이직하려 이리저리 운신한다는 것을 어느 정도 눈치채고 있었을 터이다. 과거에 그들도 이러저러한 사유를 대고서 회사를 빠져나왔을 테니까. 이직하고 싶은 마음을 왜 드러내면 안 될까. 우리의 마음은 얼마나 연약하기에, 그 작은 진심들을 견디지 못하는 걸까. 두 마음을 품은 채로 오래도록 일을 잘하는 이들을 꽤 많이 보았다. 서로 다 알 거 알면서도 왜 거짓에 의지해야 할까. 권태기의 연인들이 서로의 마음을 감추고서 사랑한다는 말만 주고받는 것처럼, 꽤나 많은 상황에서 우리는 거짓을 주고받는다. 왜 마음을 드러내면 안 될까. 왜 진실과 욕망은 감추어야 할까.

좋게 이해해보자면 상호 간의 배려일 것이다. 회사는 별의별 사람들이 다 들어오는 곳이고 그 많은 이들이 감정적으로 동의할 수 있는 언어만 유통하기 위함일 것이다. 그리고 알면서도 속아 넘어가는 것은 말하고 싶지 않은 서로의 부분을 굳이 들추지 않으려 함이리라. 하지만 기만이 쌓일수록 현실은 명징해진다. 공적이고 기호화된 나만 존재하는 세계. 사적인 나는 전혀 존재하지 않는 세계. 이직하고 싶은 마음이나 회사에 대한 불만은 삭제되어버리는 세계. 회사에서 개인을 지키는 방법은 기만, 회사가 스스로를 지키는 방법도 기만.

나는 쉬는 것이 매우 소중한데, 그것은 사회생활에서 합당한 언어가 되지 못한다. 나에게 있어 매일의 쉼은 나의 마음을 풀고, 나를 살아가게 하는 아주 중요한 요소이다. 나의 쉼을 존중받고 싶다. 그런데 갑자기 닥친 주말 출근이나 야근 지시에 대해 '혼자 쉬고 싶어요'는 정당한 사유가 되지 못한다. '쉬고 싶어요'라고 얘기한다면, 아마 상대는 나를 매우 유아적인 사람으로 생각하리라. 아이를 돌본다거나 아픈 가족 누군가를 챙기는 것은 중요한 일이고 사유가 될 수 있다(아이를 돌보는 행위가 당연한 권리가 되지 못하고 양해를 구해야 하는 현실 역시 좋아 보이지 않는다. 양해를 구하여 마음의 부채를 쌓아야 하는 것 역시 불편하다). 혹은 미리 끊어놓아 환불할 수 없는 비행기 표나 연인과의 약속 역시 약소하나마 사유가 될 수 있다. 그만큼 중요한 일이라 감히 얘기하기는 어렵지만, 나에게 있어서 쉼은 가장 중요한 요소 중 하나다.

나의 쉼이 매우 소중하다고 누군가를 설득할 방법을 잘 모르겠다. 그래서 나 역시 종종 그들의 언어를 사용했다. 공식적으로 통용되는 사유들. 이른바 거짓말을 했다. 하지만 나의 욕망을 추구하는 게, 누군가의 배려나 나의 거짓으로 이루어져야만 하는 현실이 심히 아쉽다. 욕망이 권리가 되길 바란다. 내가 원하는 행동을 한다는 것이 가장 중요한 것이었으면 좋겠다. 그 언어들에 힘이 생겼으면 좋겠다.

아마 이런 나의 생각에 대해 회사의 어른들은 "그러면 회사 그만두고 니 멋대로 할 회사를 차리든가"라고 답할 것이다. 세상은 완고하고 나는 약하다. 나의 논리도 약하고 나의 언어도 약하다. 세상은 룰을 나에게 이해시키려 하지 않고 다만 강요한다. 나는 매번 투쟁할 만큼 심지가 굳지 못하다. 어른들은 "니가 현실을 모르는구나"라고 덧붙일 것이다. 현실을 모르는 바는 아니다. 개인을 존중하지 않는 현실, 거짓으로 개인을 지켜내야 하는 세계, 그것이 아쉬울 따름이다.

내 쉼이 공식적인 언어가 되지 못한다면, 개인을 훼손하지 않는 선이 만들어지길 바란다. 내가 무엇을 하든 침범받지 않을 선. 회사가 나를 침범하지 않을 선. 개인의 사유를 정말 개인의 사유로 존중하는 선. 나는 일할 때만 회사원이고 싶고, 그 외의 순간에는 나이고 싶다. 그리고 내가 나이기 위해 거짓을 말해야 하는 이유는, 여태까지도 잘 모르겠다.

나는 이렇게 현재를 살아가고 있다

블라디보스토크에 있는 아르툠 공항에서 차로 네 시간쯤 가면 우수리스크란 자그마한 도시가 나오고, 우수리스크에서 버스를 타고 한두 시간 더 들어가면 아시노브카가 보인다. 아시노브카는 2008년 당시 500가구 정도가 띄엄띄엄 사는 작은 마을이었다. 버스정류장 근처가 마을의 중심지였는데 작은 슈퍼마켓이 둘, 잡화점이 하나, 우체국이 하나, 그리고 마을회관이 있었다.

도시인 우수리스크에도 변두리에는 수도시설이 갖춰지지 않아 우물물을 긷는 모습을 종종 볼 수 있었는데,

시골마을인 아시노브카는 당연히 모든 마을사람들이 우물물을 길어야 했다. 땅을 파서 펌프로 지하수를 퍼 올리면 수도를 이용할 수 있지만 비용이 만만치 않았다. 마을 최고 부자의 저택과 내가 살던 숙소만이 지하수 사용 설비를 갖추고 있었다. 수세식 화장실도, 온수가 나오는 수도꼭지도 딱 두 집만 있었다. 마을사람들은 뜨거운 물을 많이 사용해야 할 일이 있으면 나의 숙소로 찾아오곤 했다(나는 한국NGO가 설치한 자원활동센터에 머물고 있었다).

내가 주로 교류하던 마을사람들은 대부분 형편이 녹록치 않았다. 우즈베키스탄, 카자흐스탄, 우크라이나 등지에서 이주해온 고려인들이었다. 형편이 약간 나은 사람들은 버스정류장 인근에, 여의치 않은 사람들은 중심지에서 한참 떨어진 곳에 있는 허름한 집을 보금자리 삼았다. 그들은 다른 가족보다 먼저 러시아 연해주로 건너와서 자리를 잡은 후 중앙아시아의 남은 가족들을 불러모을 심산이었다. 그들은 사십 분쯤 걸어 버스정류장까지 와서 한 시간쯤 기다려 버스를 타고 시내로 나가 일자리를 찾아다녔다. 건설현장 잡부, 중국시장 상인, 슈퍼마켓 점원 등 닥치는 대로 일을 했다. 조금씩 돈을 모아 텃

밭을 일구고 집을 가꾸고 정착을 위한 행정서류 등을 준비했다.

그들은 자신의 집을 소중히 꾸몄다. 시내의 철물점에서 붉고 푸른 원색 페인트를 사서 창문틀을 진하게 칠했다. 페인트 비용이 만만치 않아서 한 번에 다 칠하기는 어려웠다. 돈이 생기면 몇 통을 사서 일부만 칠하고, 또 돈이 생기면 몇 통을 더 사서 덧칠하고, 그렇게 오랜 시간에 걸쳐 집을 꾸몄다. 더 여유가 생기면 소품을 사러 우수리스크 시내에 있는 중국시장에 쇼핑을 나섰다. 중앙아시아 풍의 화려한 원색 카펫이나 호랑이 그림이나 각도에 따라 달리보이는 입체 풍경 사진 등을 사서 벽에 걸었다. 그리고 그 모든 과정마다 축하의 술을 마셨다.

나는 인테리어에 대한 그들의 관심을 이해할 수가 없었다. 돈을 모아서 수도를 설치하고 화장실부터 수세식으로 바꾸는 게 낫지 않을까. 혹은 시내와 가까운 집을 구하기 위해 돈을 더 모으는 게 낫지 않을까. 달걀부화기계를 사서 닭을 키우는 등 투자를 먼저 하는 게 낫지 않을까. 그들은 자립을 위해 돈을 모으고는 있었지만, 그에 못지않게 인테리어에 돈을 쓰고 있었다. 한국의 경우를 생각해보자면, 시골의 허름한 집이나 도시 변두리의 작은 골방살이를 하는 사람들 가운데 인테리어에 신경을 쓰는 사람을 본 적이 없었다. 그곳은 스쳐 지나가는 곳이기 때문이다. 벽에 걸 그림을 사기보다 미래를 위해 한 푼 더 투자하는 게 낫기 때문이다.

십여 년의 시간이 흘렀고, 과거의 내가 민망해하리만치 나는 그들처럼 살아가고 있다. 지금의 나는 나의 공간을 흰 색으로 채워가고 있다. 이케아에서 흰 책상을 사고, 벽에는 흰색 알루미늄 액자를 하나씩 건다. 다음 이사할 때는 채광이 좋으며 몰딩 색이 옅은 집을 찾을 것이고, 도배는 무늬 없는 흰 색으로 해주십사 주인집에 간청할 것이다. 흰색 연필깎이를 사고, 흰색 북엔드를 사고, 흰색 펠리컨 수납함을 산다. 플러스마이너스 흰색 선풍기를 사고 싶어서 집에 있는 낡은 신일선풍기가 고장 나기를 기다린다. 녀석은 너무 튼튼하여 도무지 바꿀 명분이 없다. 정말 바라는 인테리어는 회색조의 인더스트리얼 스타일이지만, 비용도 그렇고 여건도 그렇고 엄두가 나지 않아 화이트 모던 스타일로 집을 꾸미고 있다. 이렇게 조금씩 십 년 정도 더 물건을 사고 집을 꾸미면, 어느 정도 통일감이 들지 않을까 짐작한다.

지금의 나에 비추어 그 당시 러시아 사람들의 태도를 생각해본다. 지금을 스쳐 지나가는 순간으로 생각하지 않는 것. 지금을 견뎌야 하는 순간으로 만들지 않는 것. 지금 이 순간, 나에게 최선을 다해 좋은 것을 주고, 좋은 것을 보여주고, 좋은 걸 누리게 하는 것. 지금의 나를 위한 나의 공간을 가꾸는 것. 나는 그렇게 현재를 살아가고 있다. 어찌될지 모르는 나의 미래가 현재를 착취하지 않도록, 미래에 대한 불안이 현재를 갉아먹지 않도록 나는 지금 나의 공간을 만들어간다.

처음 자취할 때를 생각한다. 집에는 아무것도 없었다. 당시 나는 와식생활을 했다. 바닥에는 늘 이불이 깔려 있었고, 머리맡에 노트북이나 과자, 휴지, 핸드폰 등이 널브러져 있었다. 처음 책상을 내 돈 주고 샀을 때를 생각한다. 2차원에서 3차원으로 공간이 달라졌다. 책상이 들어오면서 입체적인 수납이 가능해졌다. 윗 공간, 아랫 공간이라고 하는 3차원적 분할이 생겨났다.

처음 소파를 내 돈 주고 샀을 때를 생각한다. 집에서

별일 없으면 눕는 게 일상이었는데, 소파로 인해 나는 앉게 되었다. 누워서 계속 퍼지는 게 아니라 앉아서 무언가를 할 수 있게 되었다. 사소한 행동들이 집에서 이루어지기 시작했다. 흰 색 플러스마이너스 제로 벽시계를 샀을 때를 생각한다. 그 시계는 모든 게 하얗다. 바닥도 하얗고 시침 분침도 하얗고 시간 눈금도 하얗게 양각으로 표현돼 있다. 집에 들어오는 햇볕에 따라 시계에 그림자가 달리 맺힌다. 그렇게 나는 오후 두 시의 그림자와 여섯 시의 그림자를 느낀다. 조금씩 일상의 감각이 달라진다.

얼마 전에는 난생 처음 커튼을 돈 주고 샀다. 2년마다 이사를 하는 형편이라 감히 시도를 못하는 품목이었다. 흔들리는 커튼을 보고 창문으로 여리게 스며드는 바람을 깨닫는다. 커튼을 보며 생각한다. 러시아의 그분들은 어떻게 지내시는지. 더 좋은 집, 시내로 이사했을지. 혹은 그때 그 집 그대로 있을지. 하나 확실한 건, 그들이 그 당시의 현재를 아낀 것처럼, 지금의 현재도 아끼고 있을 것이란 사실이다. 여전히 눈앞의 행복에 충실하게 살아가고 있을 것이다. 그들처럼 살아가는 내가 그렇듯이.

| 에필로그 |

일하기 위해 쉬는 것이 아니라, 쉬기 위해 일하는 삶

'이대로 살아도 괜찮은 걸까?'

아르바이트로 함께 프로젝트를 진행했던 회사에서 같이 일해보자는 연락을 받고서, 그동안 눌러놓은 걱정이 터져 나왔다. 처음에는 거절했지만, 이런저런 이야기가 오고가며 현실적인 불안이 커졌다. 갈까, 말까. 곧 대출금 만기인데. 백수생활의 여유를 잃고 싶지 않은데. 이대로 계속 살 수는 없는데. 이전처럼 살기는 싫은데. 고민하기만 하고 다른 무언가에 도전해보지도 못했는데. 다시 회사에 들어가자니 지금의 여유를 잃고서 예전처럼 공황과

스트레스에 시달릴까 두렵고, 이대로 지내자니 궁핍해질 내가 상상되고. 어느 쪽을 선택해도 파국만이 그려져 불안은 커졌다. 늘 그렇듯 생각만 많고, 생각은 부정적인 방향으로 자라났다.

'이대로 살아도 괜찮은 걸까?'

생각을 하며 거실 소파에 드러눕듯 앉았다. 믹스커피를 마시며 고양이를 봤다. 고양이는 무릎 위로 올라와서 자리를 잡고서는 가르릉 소리를 낸다. 이대로 사는 게 괜찮은지는 모르겠지만, 이대로 고양이를 쓰다듬으며 커피를 마시는 순간은 괜찮은 것 같다.

생각을 다잡았다. '어떤 길이 덜 괴로울까'가 아니라, 지금 이 순간을 생각한다. 이대로 괜찮다고 느껴지는 순간들. 그 순간순간이 쌓인다면 썩 나쁘지 않은 삶일 것 같고, 어느 길에 그 순간이 더 많이 놓여 있을지 고민하기 시작했다.

헝클어진 마음을 돌보려 청소를 했다. 쓰레기를 분리수거하고 바닥을 쓸고 닦았다. 가구를 들어내어 고양이 털뭉치를 쓸어 담았다. 화장실 타일 틈새와 가스레인지 구석의 오래 묵은 때를 벗겼다. 소파의 고양이털을 돌돌

이로 밀어내고 털썩 앉았다. 집을 정돈하고 나자, 들끓던 마음이 조금은 차분해진다.

차분해진 마음으로 다시 생각했다. 나는 무엇을 좋아하나. 첫 번째 떠오르는 것은 쉼이다. 나는 쉬는 순간 행복하다. 계속 쉬고 싶다. 오래오래 쉬고 싶다. 지속가능한 쉼을 위하여 나는 어떻게 해야 할까. 지속가능한 쉼을 위해 돈을 벌어야 하지만, 그 돈을 버는 시간이 온통 고통이기를 바라지는 않는다. 지금 저 회사에 들어가면, 나의 쉼을 보장 받을 수 있을까. 그리고 그 일을 하는 시간에서 나름 의미를 찾을 수 있을까. 고민한다. 고민했다. 그리고 고민하다 결정했다.

결국, 다시 회사를 다니기 시작했다. 역시나 광고일이고, 역시나 카피라이팅 업무이다. 지금껏 내가 쌓아온 시간을 생각하면, 시간 대비 가장 많은 돈을 벌 수 있는 일이다. 늘 그렇듯 광고일이 녹록치는 않다. 업무 스트레스는 천형처럼 달라붙고, 때때로 일이 몰리거나 감정이 끓어오르면 공황이 찾아왔다. 쉬기 전과 크게 다르지 않은 일상이다.

다만 나의 마음가짐은 달라졌다. 쉬기 전의 나에겐 회사에서의 나만 있었고, 그 내가 무너지자 나 전체가 무너졌다. 지금은 그 나 말고도 많은 내가 있다. 혼자서 평안한 내가 있고, 나를 관찰할 줄 아는 내가 있고, 글을 쓰고 있는 내가 있다. 오래도록 쉬며 나는 '나들'을 많이 만났고, '나들'은 제법 힘이 생겼다. 회사에서의 내가 힘겨워할 때면, 그 '나들'이 나를 지탱해준다.

여전히 우울과 불안은 불쑥불쑥 찾아온다. 하지만 더 이상 그들은 정체모를 감정이 아니다. 완벽하지는 않아도 나는 그 아이들이 어떤 아이들인지 대략은 안다. 나를 관찰하는 내가 있기에, 나는 이제 그 감정들의 원인들을 안다. 그래서 그 감정들을 어떻게 돌봐야 할지 안다. 물론 그 감정을 표출하는 방법은 어설프고 버벅대지만, 조금씩 더 나아지리라 믿는다.

쉼의 시간은 백수시절보다 많이 줄어들었다. 하지만 쉼의 밀도는 올라갔다. 대단한 것을 하여 쉼의 밀도가 높은 것은 아니다. 그저 쉽게 느슨해지고 쉽게 무의미해지는 것이다. 가치 없는 휴식에 스스로 자괴감을 느끼는 것이 아니라, 그저 생각 없이 쉰다. 오랜 시간의 쉼이 어느 정도 몸에 깃들어서, 나는 다시 쉽게 그 쉼으로 돌아갈 수 있다.

지금의 나는 밀린 업무만큼이나 밀린 빨래가 중요하다. 나는 내 월급과 직책에 대한 책임을 다해야겠지만, 그만큼 중요한 건 나에 대한 책임이다. 그리고 내가 나를 책임을 지는 방식은, 나를 나답게 하는 것은 소소한 쉼들이다.

그 소소한 쉼을 지키기 위해 노력한다. 회사의 책상 위에 놓아둔 일력은 스스로를 점검하는 알람의 역할이다. 일력을 뜯는 것도 잊은 채 며칠이 지났다면, 종이 한 장 뜯을 여유 없이 마음에 일이 꽉 들어차 있다는 메시지다. 일력을 수일 째 뜯지 않았다면, 혹은 어제 먹은 저녁이 기억나지 않는다면 나는 의식적으로 쉰다. 그것이 나를 책임지는 방식이다.

비로소 나는 말할 수 있다. 나는 일하기 위하여 쉬지 않는다. 나는 쉬기 위하여 일한다. 내 인생에서 가장 중요한 목록을 적는다면, 지금 나의 1순위는 쉼이라 하겠다. 모두들, 잘 쉬었으면 좋겠다. 모두들 잘 무의미해졌으면 좋겠다. 나는 이제 잘 쉰다.

애쓰다 지친 나를 위해

초판 1쇄 발행 2019년 11월 28일
초판 2쇄 발행 2020년 2월 3일

지은이 서덕
펴낸곳 넥스트북스
출판등록 제406-251002017-000070호
주소 경기도 파주시 산남로 5-86, 202호 (산남동)
전화 031-939-6272
팩스 031-624-4295
이메일 nextbooks@nextbooks.co.kr
ISBN 979-11-967394-2-3 (03810)

- 책값은 뒤표지에 있습니다.
- 잘못된 책은 구입처에서 바꿔드립니다.

- 이 도서의 국립중앙도서관 출판시도서목록(CIP)은 서지정보유통지원시스템 홈페이지(http://seoji.nl.go.kr)와
  국가자료공동목록시스템(http://www.nl.go.kr/kolisnet)에서 이용하실 수 있습니다. (CIP제어번호 : CIP2019045431)

www.nextbooks.co.kr

넥스트북스는 다음을 꿈꾸는 이야기를 만듭니다.
내일을 꿈꾸는 독자 여러분들의 기획이나 원고를 기다립니다.
nextbooks@nextbooks.co.kr 이메일로 연락처와 함께 보내주세요.